晴天爱晴
雨天爱雨

有欢喜的心最重要
于得失之间看人生

林清玄

———

著

湖南文艺出版社
HUNAN LITERATURE AND ART PUBLISHING HOUSE

博集天卷
CS-BOOKY

目 录
CONTENTS

晴天爱晴，

雨天爱雨

万物有情生

岁
月
有
情
老

人
间
有
情
长

此时无情胜有情

晴天爱晴，雨天爱雨

花如是兴谢，情感如是兴谢，因缘如是兴谢，

生命中的一切过程不也是这样子兴起与谢落的吗？

与其为情感的兴谢、因缘的生灭而哭泣追悔，

还不如把握当下，一往无悔地生活。

晴天爱晴，雨天爱雨

万物有情生

有情生

我很喜欢英国诗人布雷克[①]的一首短诗：

被猎的兔每叫一声，

就撕掉脑里的一根神经；

云雀被伤在翅膀上，

一个天使止住了歌唱。

因为在短短的四句诗里，他表达了一个诗人悲天悯人的胸怀，看到被猎的兔子和受伤的云雀，诗人的心情也化作兔子和云雀，然后为人生写下了警语。可以说，这首诗冥合了我国佛家的

---

① 即布莱克。——编者注

思想。

在我们眼见的四周生命里（也就是佛家所言的"六道众生"），是不是真是有情的呢？我国佛家所说的"仁人爱物"，是不是说明物与人一样有情呢？

每次我看到林中歌唱的小鸟，总为它们的快乐感动；看到天际结成"人"字、一路南飞的北雁，总为它们的互助相持感动；看到喂饲乳鸽的母鸽，总为它们的亲情感动；看到微雨里比翼双飞的燕子，总为它们的情爱感动。这些长着翅膀的飞禽，处处显露出天真的情感，更不要说地上躯体庞大、头脑发达的走兽了。

甚至，在我们身边的植物，有时也表达着一种微妙的情感，或者更确切地说，是机缘和生命力。只要我们仔细观察那些在阳光雨露中快乐展开叶子的植物，感觉那些高大树木的精神和呼吸，体会那些含苞待放的花朵，还有在原野里随风摇动的小草，都可以让人真心地感到动容。

有时候，我又觉得怀疑，这些简单的植物可能并非真的有情，它的情是因为和人的思想相关联的，就像佛家所说的"从缘悟达"。禅宗里留下许多这样的见解：有的看到翠竹悟道；有的看到黄花悟道；有的看到夜里大风吹折松树悟道；有的看到牧牛吃草悟道；有的看到洞中大蛇吞食蛤蟆悟道，都是因无情物而观见了有情生。世尊释迦牟尼也因夜观明星悟道，留下"因星悟道，悟罢非星，不逐于物，不是无情"的警语。

我们对所有无情之物表达的情感也应该作如是观。吕洞宾有两句诗，"一粒粟中藏世界，半升铛内煮山川"，原是把世界山川放在个人的有情观照里，就是性情所至，花草也为之含情脉脉的意思。正是有许多草木原是无心无情，若能触动人的灵机则颇有余味。

我们可以意不在草木，但草木正可以寄意；我们不要叹草木无情，因草木正能反映真性。在有情者的眼中，蓝田能日暖，良玉可生烟；朔风可以动秋草，边马也有归心；蝉噪之中林愈静，鸟鸣声里山更幽；甚至感时的花会溅泪，恨别的鸟也惊心……何况是见一草一木于性情之中呢？

常春藤

在我家巷口有一间小的木板屋，居住着一个卖牛肉面的老人。那间木板屋可能是一座违章建筑，由于年久失修，整间木屋往南方倾斜成一个夹角。木屋处在两座大楼之间，越发破败老旧，仿佛随时随地都要倾颓，散成一片片木板。

任何人路过那间木屋，都不会有心情正视一眼，除非看到老人推着面摊出来，才知道那里原来还有人居住。

但是，在南边斜角那断板残瓦的地方，却默默地生长着一株常春藤，那是我见过的最美的一株。许是长久长在阴凉、潮湿、肥沃的土地上，常春藤简直是毫不忌惮地怒放着，它的叶片长到像荷叶一般大小，全株是透明翡翠的绿，那种绿就像朝霞照耀着远远群山的颜色。

沿着木板壁的夹角，常春藤几乎把半面墙长满了，每一根绿色的枝条因为被夹壁压着，全往后仰视，好像往天空中伸出了一排厚大的手掌；除了往墙上长，它还在地面向四周延伸，盖满了整个地面，近看有点像还没有开花的荷花池。

我的家里虽然种植了许多观叶植物，我却独独偏爱木板屋后面的那片常春藤。无事的黄昏，我在附近散步，总要转到巷口去看那株常春藤，有时看得发痴，隔不了几天去看，就发现它长成完全不同的姿势了，每个姿势都美到极点。

有几次是清晨，叶片上的露珠未干，一颗颗滚圆的，随风在叶子上转来转去。我再仔细看它的叶子，每一片叶都是完整饱满的，没有一丝残缺，而且没有一点尘迹；可能正因为它长在夹角，连灰尘都不能至，更不要说小猫小狗了。我爱极了这长在巷口的常春藤，总想移植到家里种一株，几次偶然遇到老人，却不敢开口。因为它正长在老人面南的一个窗口，倘若他也像我一样珍爱他的常春藤，恐怕不肯让人剪裁。

有一回正是黄昏，我蹲在那里，看到常春藤又抽出许多新芽，正在出神之际，老人推着摊车要出门做生意，木门吱呀一声，他对我露出了善意的微笑，我趁机说："老伯，能不能送我几株您的常春藤？"

他笑着说："好呀，你明天来，我剪几株给你。"然后我看着他的背影背着夕阳向巷子外边走去。

老人如约送了我常春藤，不是一两株，而是一大把，全是他精心挑选的、长在墙上最嫩的一些。我欣喜地把它们种在花盆里。

没想到，第三天台风就来了，不但吹垮了老人的木板屋，还把一整株常春藤吹得没有踪影，只剩下一堆残株败叶。老人忙着整建家屋，把原来一片绿意的地方全清扫干净，木屋也扶了正。我觉得怅然，将老人送我的一把常春藤还给他，他只要了一株。他说："这种草的耐力强，一株就能长成一片的。"

老人的常春藤只随便一插，也并不见他洒水除草，只让其接受阳光和雨露的滋润。我的常春藤细心地养在盆里，每天晨昏依时浇水，同样也在阳台上接受阳光和雨露。

然后我就看着两株常春藤在不同的地方生长，老人的常春藤愤怒地抽芽拔叶，我的则是温柔地缓缓生长；他的常春藤的芽越抽越长，叶子越长越大，我的则是芽越来越细，叶子越长越小。比来比去，总是不及。

那是去年夏天的事了。现在，老人的木板屋有一半已经被常春藤覆盖，甚至长到窗口；我的花盆里，常春藤好像已经长进宋朝的文人画里了，细细的垂覆枝叶。我们研究了半天，老人说：

"你的草没有泥土，它的根没有地方去，怪不得长不大。呀！还有，恐怕它对这块烂泥地有了感情呢！"

非洲红

三年前，我在一个花店里看到一株植物，茎叶全是红色的，虽是盛夏，却溢着浓浓秋意。它被种植在一个深黑色的滚着白边的瓷盆里，看起来就像黑夜雪地里的红枫。卖花的小贩告诉我，这株红植物的名字叫"非洲红"，是引自非洲的观叶植物。我向来极爱枫树，对这长着小圆叶而颜色像枫叶的非洲红自然也爱不忍释，就买来摆在书房窗口外的阳台上，每日看它在风中摇曳。非洲红是很奇特的植物，放在室外的时候，它的枝叶全是血一般的红，而摆在室内就慢慢地转绿，有时就变得半红半绿，在黑盆子里煞是好看。

非洲红的叶子的寿命不长，隔一两个月就全部落光，然后一夜之间又在茎的根头抽放出绿芽，一星期之间又是满头红叶了。这使我真正感受到时光变异的快速以及生机的运转。年深日久，它成为院子里我非常喜爱的一株植物。

去年我搬家的时候，因为种植的盆景太多，有一大部分都送人了。新家没有院子，我只带了几盆最喜欢的花草。大部分的花草都很强韧，可以用卡车运载，只有非洲红，它的枝叶十分脆嫩，我不放心搬家工人，因此用一个木箱子把它固定装运。

没想到一搬了家，诸事待办，过了一星期安定下来以后，我才想到非洲红的木箱，原来它被原封不动地放在阳台。打开以后，发现盆子里的泥土全部干裂了，叶子全部落光，连树枝都萎缩了。我的细心反而害了一株植物，使我伤心良久，妻子安慰我说："植物的生命力是很强韧的，我们再养养看，说不定能使它复活。"

于是，我们便把非洲红放在阳光照射得到的地方，每日晨昏浇水，夜里我坐在阳台上喝茶的时候，就怜悯地望着它，并无力地祈祷它的复活。大约过了一星期，有一日清晨，我发现非洲红抽出碧玉一样的绿芽，含羞地默默地探触它周围的世界，我和妻子心里的高兴远胜过我们辛苦种植的郁金香开了花。

我不知道非洲红是不是真的来自非洲，如果是的话，经过千山万水的移植，经过花匠的栽培而被我购得，这其中确实有一种不可言说的缘分。而它经过苦旱的锻炼竟能从裂土里重生，它的生命力是令人吃惊的。现在我的阳台上，非洲红长得比过去还要旺盛，每天仰着红红的脸蛋享受阳光的润泽。

由非洲红，我想起中国北方的一个童话——《红泉的故事》。它说在没有人烟的大山上，有一棵大枫树，每年枫叶红的秋天，它的根渗出来一股不息的红泉。人只要喝了红泉水就会全身温暖，脸色比桃花还要红。而那棵大枫树就站在山上，看那些女人喝它的红泉水，它就选其中最美的女人抢去做媳妇，等到雪花一落，那个女人也就变成枫树了。这当然是一个虚构的童话，可是中国人确实认为枫树也是有灵魂的。枫树既然有灵魂，与枫树相似的非洲红又何尝不是有灵魂的呢？

在中国的传统里，人们认为一切物类都有生命，有灵魂，有情感，能和人做朋友，甚至恋爱和成亲。同样，人对物类也有这样的感应。我有一位爱兰的朋友，他的兰花如果不幸死去，他会失声痛哭，如丧亲人。我的灵魂没有那样纯洁，但是看到一棵植物的生死会喜悦或颓唐，恐怕是一般人都有过的经验吧！

非洲红变成我最喜欢的一株盆景，我想除了缘分，就是它在垂死绝处的时候，还能在一盆小小的土里重生。

紫茉莉

我对那些按照时序变换姿势，或者在时间的转移中定时开合，或者受到外力触动而立即反应的植物，总是持有好奇和喜悦的心情。

像种在园子里的向日葵或是乡间小道边的太阳花，是什么力量让它们随着太阳转动呢？难道只是一种对光线的敏感？

像平铺在水池上面的睡莲，白天它摆出了最优美的姿势，为何在夜晚偏偏睡成害羞的球状？而昙花正好和睡莲相反，它总是要等到夜深人静的时候，才张开笑颜，散发芬芳。夜来香、桂花、七里香，总是越在黑夜之际越能品味它们的幽香。

还有含羞草和捕虫草，它们一受到摇动，就像一个含羞的姑娘默默颔首。还有冬虫夏草，冬天明明是一只虫，夏天却又变成一株草。

在生物书里，我们都能找到解释这些植物变异的一个经过实验的理由，这些理由对我而言却都是不足的。我相信冥冥中，一定有一些精神层面是我们无法找到的，说不定这些植物都有一颗看不见的心。

能够改变姿势和容颜的植物，和我关系最密切的是紫茉莉花。

我童年的家后面有一大片未经人工垦殖的土地，经常开着美丽的花朵，有幸运草黄色或红色的小花，有银合欢黄或白的圆形花，有各种颜色的牵牛花。秋天一到，还开满了随风摇曳的芦苇花……就在各种形色的花朵中，到处夹生着紫色的小茉莉花。

紫茉莉是乡间最平凡的野花，它们整片整片地丛生着，貌不惊人，在万绿中却别有一番姿色。在乡间，紫茉莉的名字是"煮饭花"，因为它在有露珠的早晨，或者白日中天的正午，或者星满天空的黑夜都紧紧闭着；只有一段短短的时间开放，就是在黄昏夕阳将下、农家结束了一天的劳作、炊烟袅袅升起的时候，它才像突然舒解了满怀心事，快乐地开放出来。

　　每一个农家妇女都在这个时间下厨做饭，所以它被称为"煮饭花"。

　　这种一两年或多年生的草本植物，生命力非常强盛，繁殖力特强。如果在野地里种一株紫茉莉，隔一年，满地都是紫茉莉花了。它的花期也很长，从春天开始一直开到秋天，因此一株紫茉莉一年可以开多少花，是任何人都数不清的。

　　最可惜的是，它一天只在黄昏时候盛开，但这也是它最令人喜爱的地方。曾有植物学家称它是"农业社会的计时器"，当它开放之际，乡下的孩子都知道，夕阳将要下山，天边将会飞来满空的红霞。

　　我幼年的时候，时常和兄弟们在屋后的荒地上玩耍，当我们看到紫茉莉一开，就知道回家吃晚饭的时间到了。母亲让我们到外面玩耍，也时常叮咛："看到煮饭花盛开，就要回家了。"我们遵守着母亲的话，经常每天看紫茉莉开花才踩着夕阳下的小路回家，巧的是，我们回到家，天就黑了。

　　从小，我就有点痴，弄不懂紫茉莉为什么一定要选在黄昏开，常常多次坐着看满地含苞待放的紫茉莉，看它如何慢慢地撑开花瓣，出来看夕阳的景色。问过母亲，她说："煮饭花是一个贪玩的孩子，玩到黑夜迷了路变成的。它要告诉你们这些野孩子，不要玩到天黑才回家。"

　　母亲的话很美，但是我不信，我总认为紫茉莉一定和人一样是喜欢好景的，在人世间又有什么比黄昏的景色更好呢？因此它选择了黄昏。

紫茉莉是我童年里很重要的一种花卉，因此我在花盆里种了一棵。它长得很好，可惜在都市里，它恐怕因为看不见田野上黄昏的好景，几乎整日都开放着，在我盆里的紫茉莉经过市井的无情洗礼，可能已经忘记了它的祖先对黄昏彩霞的选择了。

我每天看到自己种植的紫茉莉，都悲哀地想着，不仅是都市的人们容易遗失自己的心，连植物的心也在不知不觉中迷失了。

铁树的处女之花

在花园里的金橘果落完的时候，旁边的铁树开花了。

从前听乡下的长辈说过，铁树要十年才会开花，是非常稀有难得的。因此，铁树开花也是一种祥瑞之兆，凡看见的，都会沾染喜气。

我曾经多次看过铁树开花，每一次都感到难值难遇，常会感慨地想：人生能有多少个十年？看铁树开花又能有几回呢？

印象最深的一次，是在中山纪念馆的花园，同时看到七棵铁树开花，每一朵花都有路灯的柱子般粗，高达四五尺，使人忍不住会大叹世间的神奇。

然而，纵使看见公园里的七棵铁树开花，也没有像自己院子里的一棵铁树开花那样令我感觉欢喜。因为，这是我自己种的铁树，生平的处女之花。我每天清晨浇水时，总会忍不住向铁树道喜，并深深分享它开花的喜悦。

铁树开花与其他的花大有不同。先是从刚硬的叶梗中心长出一团如排球大小的柔软肉球，都是细致的米色。那肉球随着时间增长拉长，一尺，两尺，三尺，最后长成一个四尺长的圆锥状花朵，大花中密密生着小花。

铁树开花的过程长达四个多月，过程缓慢而神奇，常令我误以为铁树的花永远不会凋谢。但我随即生起这样的念头：世上并没有永不凋谢的花！

铁树的花维持得如此长久，或者可以称为"铁花"吧！

在院子里喝茶的时候，我常和妻子讨论着："一朵铁花不知道要多久的时间才会完成它开放的过程？"

当铁花的顶部从圆形变成圆锥，终至成为锥尖，我们知道，铁树已完成处女之花，即将凋落了。果然，它最后的盛放维持了两个星期，有一天黄昏，我们在院子里喝茶，突然听见"咔嚓"一声，转头一看，铁花"啪嗒"落在地上。

我把铁花捡起，放在桌上，观看它最后凋零的样子。我想着：铁树难得开花，终有开花之期；铁花固然长久，也终有凋零之日呀！

这世界上每一朵花的兴谢虽有长短之分，却无断灭之别。每一朵花都是由因缘所生，在因缘中灭去，是明明白白的，人力所不能为的。

世间最有势力的人、最刚强的植物、最难逢的事件，正如眼前之花，无法免去因缘的兴谢。

我想起唐朝高丽的元晓大师曾说："纵使尽一切努力，也无法阻止一朵花的凋谢。"花如是兴谢，情感如是兴谢，因缘如是兴谢，生命中的一切过程不也是这样子兴起与谢落的吗？与其为情感的兴谢、因缘的生灭而哭泣追悔，还不如把握当下，一往无悔地生活。

铁花开的时候，妻子还怀着身孕，孩子两个月大时，铁花才落下来。但故事还没有完结，在铁花凋落的底部，竟长出小小的黑红色种子；到儿子八个月大，铁树的种子才完全成熟，大小如拇指，坚硬似铁，数一数，共有八十三粒。

我把三粒"铁子"种在花园，期待来年能长出新的铁树。其余的八十粒种子和那一朵铁花则摆在架上，每天看见时，内心对铁树开花的光阴有一种缅怀和疼惜。

在我观看铁花兴谢的时光里，铁树也见证了我这一年来生命的变化，但铁树默默无语，只把全部心力用来开花结子。不像社会上一般世俗的人，对自己的情感用心太少，却对别人的情感用力太多。

我的疼惜是，我们虽全心追求美好的境界，生命中却总不免遗憾遗欢。我的缅怀是，时光虽不可挽回地逝去，但总会留下余情余韵。

铁花终究不能回到树上，我只有修剪芜蔓的枝叶，等待下一次的花开。

在孩子的笑语中，我也知道，生命只有不断地承担，在每一个片刻里，才会发生更好的体会。

开完了处女之花的铁树，下次开花是什么时候？一年、十年或百年？问铁树，它默默无语。但是我知道，金橘落果处，铁树开花时，万法随因缘，天地不自私。如果内心常保有开花的祝愿，在因缘成熟的时候，最刚硬的心，也会开花。

木瓜树的选择

路过市场，偶然看到一棵木瓜树苗长在水沟里，依靠水沟底部的一点点烂泥生活。

这使我感到惊奇，一点点烂泥如何能让木瓜树苗长到腰部的高度呢？木瓜是浅根的植物，又怎么能在水沟里不被冲走呢？

我随即想到夏季即将来临，届时会有许多的台风与豪雨，木瓜树若被冲入河里，流到海上，就必死无疑了。

我看到木瓜树苗并不担心这些，它依靠烂泥和市场中排放的污水，依然长得翠绿而挺拔。

我生了恻隐之心，想到顶楼的花园里还有一个空间。那是一个向阳的角落，又有着来自阳明山的有机土。如果把木瓜树苗移植到那里，一定会比长在水沟里更好。木瓜树有知，也会欢喜吧！

向市场摊贩要了塑胶袋，把木瓜和烂泥一起放在袋里，回家种植。看到有茶花与杜鹃为伴的木瓜树，心里感到美好，并想到日后结实累累的情景。

万万想不到的是，木瓜树没有预期中生长得好，反而一天比一天垂头丧气，两个星期之后，终于完全枯萎了。

把木瓜苗从花园拔除的时候，我的内心感到无比怅然。对于生长在农家的我，每一株植物的枯萎都会使我怅然。只是这木瓜树更不同，如果我不将它移植，它依然在市场边生长，挺拔而翠绿。

在夕阳照抚的院子里，我喝着野生苦瓜泡的茶，看着满园繁盛的花木，心里不禁感到疑惑：为什么木瓜苗宁愿生长在污泥里，也不愿存活在美丽的花园中呢？是不是当污浊成为生命的习惯之后，美丽的阳光、松软的泥土、澄清的饮水，反而成了生命的负荷呢？

就像有几次，在繁华街市的暗巷里，我不小心遇到一些吸毒者，他们躬着身在阴暗的角落，全身的细胞都散发出颓废的气息，用迷离而失去焦点的眼睛看着世界。

我总会有一种冲动，想跑过去拍拍他们的肩膀，告诉他们："这世界有灿烂的阳光，这世界有美丽的花园，这世界有值得追寻的爱，这世界有可以为之奋斗、为之奉献的事物。"

随即，我就看到自己的荒谬了。因为对一个吸毒者，污浊已成为生命的习惯，颓废已成为生活的姿态，几乎不可能改变。不要说是吸毒者，在日本的大都市有无数自弃于人生、宁可流浪街头的"浮浪者"，当他们完全自弃时，生命就再也不可能挽回了。

"浮浪者"不是"吸毒者"，却具有相同的部分：吸毒者吸食有形的毒品，受毒品所宰制；浮浪者吸食无形的毒品，受颓废所宰制。他们放弃了心灵之路，正如一棵以血水污水为生的木瓜苗，忘记了这世界有美丽的花园。

恐惧堕落与恐惧提升虽然都是恐惧，却带来了不同的选择。恐惧堕落的人心里会有一个祝愿，希望自己有一天能抵达繁花盛开的花园，住在那花园里的人都有阳光的品质，有很深刻的爱、很清明的心灵，懂得温柔而善于感动，懂得欣赏一切美好的事物。

一粒木瓜的种子，偶然掉落在市场的水沟边，那是不可预测的因缘，可是从水沟到花园之路，如果有选择，就有美好的可能。

一个人，偶然投生尘世，也是不可预测的因缘。我们或者有不够好的身世，或者有贫穷的童年，或者有艰困的生活，或者陷落于情爱的折磨……像是在水沟烂泥中的木瓜树，但我们只要知道，这世界有美丽的花园，我们的心就会有很坚强很真切的愿望：我是为了抵达那善美的花园而投生此世。

万一，我们终其一生都无法抵达那终极的梦土，我们是不是可以一直保持对蓝天、阳光与繁花的仰望呢？

飞入菅芒花

母亲蹲在厨房的大灶旁边，手里拿着柴刀，用力劈砍香蕉树多汁的嫩茎，然后把剁碎的小茎丢到灶上的大锅里，与泔水同熬，准备去喂猪。

我从大厅迈过后院，跑进厨房时正看到母亲额上的汗水反射着门口射进的微光，非常明亮。

"妈，给我两角。"我靠在厨房的木板门上说。

"走！走！走！没看到没闲空？"母亲头也没抬，继续做她的活儿。

"我只要两角钱。"我细声但坚定地说。

"要做什么？"母亲被我这异乎寻常的口气触动，终于看了我一眼。

"我要去买金唉。"金唉是三十年前乡下孩子唯一能吃到的糖，浑圆的、坚硬的糖球上粘了一些糖粒。一角钱两粒。

"没有钱给你买金啖。"母亲用力地把柴刀剁下去。

"别人都有，为什么我们没有？"我怨愤地说。

"别人是别人，我们是我们，没有就是没有，别人做皇帝你怎么不去做皇帝！"母亲显然动了肝火，用力地剁香蕉树的嫩茎。柴刀砍在砧板上咚咚作响。

"做妈妈是怎么做的？连两角钱买金啖都没有？"

母亲不再作声，继续默默工作。

我那一天是吃了秤砣铁了心，冲口而出："不管怎样，我一定要！"说着就用力踢厨房的门板。

母亲用尽力气，柴刀"咔"的一声站立在砧板上，她顺手抄起一根生火的竹管，气急败坏地一言不发，劈头盖脸就打了下来。

我一转身，飞也似的蹦了出去。平常，我们一旦忤逆了母亲，只要一溜烟跑掉，她就不再追究，所以只要母亲一火，我们总是一口气跑出去。

那一天，母亲大概是气极了，并没有转头继续工作，反而快速地追了出来。我正奇怪的时候，发现母亲的速度异乎寻常地快，几乎像一阵风一样。我心里升起一种恐怖的感觉，想到脾气一向很好的母亲，这一次大概是真正生气了，万一被抓到一定会被狠狠打一顿。母亲很少打我们，但只要她动了手，必然会把我们打到讨饶为止。

我边跑边想，立即选择了那条火车铁轨的小径。那是家附近比较复杂而难走的小路，整条都是枕木，铁轨还通过旗尾溪，悬空架在上面。我们天天都在这里玩耍，路径熟悉，通常母亲追我们的时候，我们就选这条路跑，母亲往往不会追来，而她也很少把气生到晚上，只要晚一点回家，让她担心一下，她的气就消了，顶多也只是数落一顿。

那一天真是反常，母亲提着竹管，快步跨过铁轨的枕木追过来，好像不追到我不肯罢休。我心里虽然害怕，却还是有恃无恐，因为我的身高已经长得快与母亲平行了，她即使用尽全力也追不上我，何况是在火车铁轨上。

我边跑还边回头望母亲，母亲脸上的表情是冷漠而坚决的。我们一直维持着二十几米的距离。

"哎哟！"我跑过铁桥时，突然听到母亲惨叫一声，一回头，正好看到母亲扑跌在铁轨上面，噗的一声，显然跌得不轻。

我的第一个反应是：一定很痛！因为铁轨上铺的都是不规则的碎石子，我们这些小骨头跌倒都痛得半死，何况是母亲？

我停下来，转身看母亲，她一时爬不起来，用力搓着膝盖。我看到鲜血从她的膝上汩汩流出，鲜红色的，非常鲜明。母亲咬着牙看我。

我不假思索地跑回去，跑到母亲身边，用力扶她站起来，看到她腿上的伤势实在不轻，我跪下去说："妈，您打我吧！我错了。"

母亲把竹管用力地丢在地上,这时,我才看见她的泪从眼中急速地流出,然后她把我拉起来,用力抱着我,我听到火车从很远很远的地方开过来。

我用力拥抱着母亲说:"我以后不敢了。"

那是我小学二年级时的一幕,每次一想到母亲,那情景就立即回到我的心间,重新显影。我记忆中的母亲,那是她最生气的一次。其实,母亲是个很温和的人,她最不同的一点是,她从来不埋怨生活,很可能她心里也是埋怨的,但她嘴里从不说出,我这辈子也没听她说过一句粗俗的话。

因此,母亲是比较倾向于沉默的,她不像一般乡下的妇人那样喋喋不休。这可能与她的教育和个性都有关系。在母亲的那个年代,她算是幸运的,因为受到初中的教育。日据时代的乡间能读到初中已算是知识分子了,何况是个女子。在我们那方圆几里内,母亲算是知识丰富的人,而且她写得一手娟秀的字,这一点是我小时候常引以为傲的。

我的基础教育都是来自母亲,很小的时候她就把《三字经》写在日历纸上让我背诵,并且教我习字。我如今写得一手好字就是受到她的影响,她常说:"别人从你的字里就可以看出你的为人和性格了。"

早期的农村社会,一般孩子的教育都落在母亲的身上,因为孩子多，父亲光是养家就够辛苦的了，已经没有余力教育孩子。我们是很幸运的，有一位明理的、懂知识的母亲。这一点，我的姐姐体会得更深刻，她考上大学的时候，母亲力排众议，对父亲说："再苦也要让她把大学读完。"在二十年前的乡间，让女孩子去读大学是需要很大的决心与勇气的。

母亲的父亲——我的外祖父——在他居住的乡里是颇受敬重的士绅，日据时代在当局机构里任职，又兼营农事，是典型的耕读传家的知识分子，他连续拥有了八个男孩，晚年时才生下母亲。因此，母亲在童年与少女时代格外受到宠爱，我的八个舅舅时常开玩笑地说："我们八个兄弟合起来，还比不上你母亲受宠爱。"

母亲嫁给父亲是"半自由恋爱"，由于祖父有一块田地在外祖父家旁，父亲常到那里去耕作，有时借故到外祖父家歇脚喝水，就与母亲相识，互相间谈几句，生起一些情意。后来祖父央媒人去提亲，外祖父见父亲老实可靠，勤劳能负责任，就答应了。

父亲提起当年为了博取外祖父母和舅舅们的好感，时常挑着两百多斤的农作物在母亲家门前来回走过，这才顺利娶回母亲。

其实，父亲与母亲在身材上不是十分相配，父亲是身高一米八的巨汉，母亲的身高只有一米五，相差三十厘米。我家有一幅他们的结婚照，母亲站着到父亲耳际。大家都觉得奇怪，问起来，才知道宽大的白纱礼服里放了一张圆凳子。

母亲是嫁到父亲家才开始吃苦的，父亲家的田园广大，食用浩繁，是当地少数的大家族。母亲嫁给父亲的头几年，大伯父二伯父相继过世，大伯母也随之去世，家外的事全由父亲撑持，家内的事则由二伯母和母亲负担。一家三十几口的衣食，加上养猪饲鸡，辛苦与忙碌可以想见。

我印象里还有几幕影像鲜明的静照，一幕是母亲以蓝底红花背巾背着我最小的弟弟，用力撑着猪栏，要到猪圈里去洗刷猪的粪便。那时母亲连续生了我们六个兄弟姊妹，家事操劳，身体十分瘦弱。我小学一年级，么弟一岁，我常在母亲身边跟进跟出。那一次见她用力撑着跨过猪圈，我第一次体会到母亲的辛苦而落下泪来，如今那一条蓝底红花背巾的图案还时常在我脑海里浮现出来。

另一幕是有时候家里缺乏青菜，母亲会牵着我的手，穿过家门前的一片菅芒花，到番薯田里去采番薯叶，有时候到溪畔野地去摘乌荠菜或芋头的嫩茎。有一次，母亲和我穿过菅芒花的时候，我发现她和新开的菅芒花一般高，菅芒花雪一样地白，母亲的发墨一般地黑，真是非常美。那时感觉到能让母亲牵着手，真是天下最幸福的事。

还有一幕是，大弟因小儿麻痹死去的时候，我们都忍不住大声哭泣，唯有母亲以双手掩面悲号，我完全看不见她的表情，只见到她的两道眉毛一直在那里抽动。依照习俗，死了孩子的父母在孩子出殡那天，要用拐杖击打棺木，以责备孩子的不孝，但是母亲坚持不用拐杖，她只是扶着弟弟的棺木，默默地流泪。母亲那时的样子，到现在在我心中还鲜明如昔。

还有一幕经常上演的，是父亲到外面去喝酒，彻夜未归，如果是夏日的夜晚，母亲就会搬着藤椅坐在晒谷场说故事给我们听，讲虎姑婆或者孙悟空，讲到孩子们都睁不开眼睛而倒在地上睡着。

有一回，她说故事说到一半，突然叫起来说："呀！真美。"我们回过头去，原来是我们家的狗互相追逐着跑进前面那一片菅芒花，栖在菅芒花里的无数萤火虫哗然飞起，满天星星点点，衬托着在月下波浪一样摇曳的菅芒花，真是美极了，美得让我们都呆住了。我再回头，看到那时才三十岁的母亲，脸上流露着欣悦的神情。在星空下，我深深觉得母亲是多么美丽，只有那时母亲的美才配得上满天的萤火。

于是那一夜，我们坐在母亲的身侧，看萤火虫一一飞入菅芒花，最后，只剩下一片宁静优雅的菅芒花轻轻摇动，父亲果然未归，远处的山头晨曦微微升起，萤火虫在菅芒花中消失。

我和母亲的因缘也不可思议，她生我的那天，父亲急急跑出去请产婆来接生，产婆还没有来我就出生了，是母亲拿起床头的剪刀亲手剪断我的脐带，使我顺利地投生到这个世界。

年幼的时候，我是最令母亲操心的一个，她为我的病弱不知道流了多少泪。在我得急病的时候，她抱着我跑十几里路去看医生是常有的事。尤其在大弟死后，她对我的照顾更是无微不至，今天我能有很棒的身体，是母亲在十几年间仔细调护的结果。

我的母亲是这个世界上无数的平凡人之一，却也是这个世界上无数伟大的母亲之一，她是那样传统，有着强大的韧力与耐力，从艰苦的农村生活过来，丝毫不怀忧怨恨。她们那一代的生活目标非常单纯，只是顾着丈夫、照护儿女，几乎从没有想过自己的存在。在我的记忆中，母亲的忧病都是因我们而起，她的快乐也是因我们而起。

不久前，我回到乡下，看到旧家前的那一片菅芒花已经完全不见了，盖起一间一间的透天厝，现在那些菅芒花呢？仿佛都飞来开在母亲的头上，母亲的头发已经花白了，我想起母亲年轻时候走过菅芒花的那头黑发，不禁百感交集。尤其是父亲过世以后，母亲显得更加孤单了，头发也更白了，这些都是她把半生的青春拿来抚育我们的代价。

童年时代陪伴母亲看萤火虫飞入菅芒花的星星点点，在时空无常的流变里再也没有了。只有当我望见母亲的白发时才想起这些，想起萤火虫如何从菅芒花中哗然飞起，想起母亲脸上突然绽放的笑容，想起在这广大的人间，我唯一的母亲。

飞翔的木棉籽

开车从光复南路经过，一路的木棉花正盛开，仿佛火燃烧了一样，再转罗斯福路、仁爱路、复兴南路、中山北路，都是正向天空招扬的木棉花。每年到这个时候，都市人就知道春天来了，也能感觉到台北不是完全没有颜色的都市。

如果是散步，我总会忍不住站在木棉树下张望，或者弯下腰，捡拾几朵刚落下的木棉花，它们的姿形与色泽都还如新，却从树上落下了，仿佛又坠落一个春天，夏的脚步向前跨了一步。

木棉花落下的声音比任何花都巨大，"啪嗒"作响，有时真能震动人的心灵。尤其是在都市比较寂静的正午时分，可以非常清晰地听见一朵木棉花离枝、破风、落地的响声。如果心足够沉静，连它落下滚动的声息都明晰可闻。

但都市木棉花的落地远不如在乡下听来可惊，因为都市之木棉不会结籽是人人都知道并习以为常的，因此，看到满地木棉花也不觉稀奇。在我生长的南部乡下，每一朵木棉花都会结籽，落下的木棉花就显得惊人了。

有一次，我住在亲戚家里，亲戚家院里长了两株高大的木棉。春雷响后，木棉开满橙红的花，那种动人的景观只有整群燕子停在电线上差堪比拟。但到了夜半，我坐在厢房窗前读书，突然听见木棉花落，声震屋瓦，轰然作响，扯动人的心弦。为什么南方木棉花的落地会带来那么大的震动呢？

那是由于在南方，木棉花开完后并不凋谢，而在树上结一颗坚实的果子。到了盛夏，果子在阳光下噗然裂开。这时，木棉果里面的木棉籽会哗然飞起，每一粒木棉籽长得像小钢珠，拖着一丝白色棉花，往远方飞去——那些裂开时带着弹性之力且借着风走的木棉籽，可以飞到数里之遥，然后下种、抽芽，长成坚强伟岸的木棉树。这就是为什么在乡下广大的田野里，偶尔会看见一株孤零零的木棉树，那通常是越过几里村野的一颗小小木棉籽在那里落地生根的。

所以，乡下木棉花落会引人叹息，因为它预示着有一朵花没有机会结籽、飞翔、落种、成长，尤其是当我们看到一朵完整美丽的花落下时，会特别感到忧伤，会想到：这朵花为何落下，是失去了结籽的心愿呢？还是沉溺于自己的美丽而失去了力量呢？

这些都不可知，但当我们看到城市落了满地的木棉花会感到可怕，为什么整个城市美丽的木棉花，竟没有一朵结籽？更可怕的是，大部分人都以为木棉花掉落是一种必然，甚至忘记这世界上有飞翔的木棉籽。

是不是整个城市的木棉花都失去了结籽与飞翔的心愿呢？

有时候这种对自然的思考，会使我感到迷惑，就在我们这块相连的岛屿上，北回归线以南的壁虎的叫声非常清澈响亮，以北的壁虎却都是哑巴；若以中央山脉为界，中央山脉以西的白头翁只只白头，以东的同一种鸟却没有白头的，被叫作乌头翁。我常常想，如果把南方会叫的壁虎带过北回归线，它还叫不叫？把西边的白头翁带过中央山脉，它的头白不白？

可惜没有人做过这种实验，使我们留下一些迷思，但有一个例子说不定可以给我们启示性的思考。从中央山脉走到尾端的恒春，由于没有中央山脉为界，同时生长着白头翁与乌头翁，白者自白，黑者自黑；还有沿着北回归线生长的壁虎，有会叫的也有哑巴的，嚣者自嚣，默者自默。那么，或黑或白，或叫嚣或沉默，是不是动物自己的心愿呢？或许是的。这个答案使我们对都市木棉花的颜色从火的燃烧顿时跌入血的忧伤，它们是失去了结籽的心愿，还是对都市的生存环境做着无言的抗议呢？

我有时开车经过木棉夹道的路段，有些木棉花滚落到路中央，车子碾过仿佛听到霹雳之声，使人无端想起车轮下的木棉花，如果在南方，它会结出许许多多木棉籽，每一粒都带着神奇的木棉花翅膀，每一粒都饱孕着生命的力量，每一粒都怀抱着飞翔到远方的志愿……因为有了这些，木棉每一次的开花，都如晨光般预示着新的开始。都市里不能结籽的木棉花，每一次开起，都宣告着一个春天即将落幕，像火红的、一直坠入天际的晚霞。

有一天，我在仁爱路上拾起几朵新凋落的木棉花，捧在手上，还能感觉到它在树上犹温的血。那一刻我想：一个人不管处在什么环境下，都要坚持心灵深处的某些质地，因为有时生命的意义只在说明一些最初的坚持，放弃生命的坚持的人，到最后就如城市里的木棉一样，只有开花的心情，终将失去结籽与飞翔的愿力。

喝咖啡的酪梨

住在乡下的时候，我早餐总会喝一杯咖啡，吃一个酪梨。

喝咖啡是我多年养成的习惯，在喝咖啡之前，我是不开口说话的，等我的肠胃受到咖啡的滋润，我才会开口说第一句话。

乡下没有好咖啡，我从台北买了顶纯的蓝山咖啡。尽管价钱贵了一些，但是用量不算太大，所以总是忍痛购买，套一句广告词：给我蓝山，其余免谈！

为了使咖啡不失味，我还带回来一台高压萃取的咖啡机和不会因高温转动而失去原味的磨豆机。

吃酪梨则正好和咖啡相反，我本来不吃酪梨，但是在乡下写作，发现酪梨又营养又便宜，就把它升格，从水果升为主食。

乡下的酪梨是现采的，比台北的好吃，我总会请市场的欧巴桑（大婶）帮我挑选，依照成熟度，一次挑七八颗，每天成熟一颗，果皮由深绿转为咖啡色，就可以吃了。

欧巴桑从不失误，所以，每天清晨都会有一颗刚刚熟透的酪梨等着我。

选择酪梨当早餐，也是因为简单方便，剖成两半，用汤匙挖着吃。

喝咖啡之前，我不说话；吃酪梨时，就和家人说说家常。

吃完的酪梨会剩下一个巨大的酪梨籽，有的大如拳头，我把它们一一摆在窗边的白瓷盘上，放一点水。

隔几天，酪梨籽开始抽芽，叶片翠绿、形态优美、一暝大一寸，很快抽到一两尺高。我看它们依序抽芽，摆在窗边就像一排绿色的梯子，真是好看极了。

不幸的是，抽到两尺左右，酪梨籽的养分用尽，树苗就枯干了。

剩下最矮小的那一棵，奄奄一息，我把煮过的咖啡渣倒在种子上。

过了几天，神奇的事发生了，绿色的树叶竟然活转了，不但活转，还从叶脉上逐渐转成咖啡的颜色，叶片逐渐加深，变成咖啡色，连茎、枝、丫都成为咖啡色。

我每天把喝剩的咖啡倒在盘中，满满的一盘咖啡渣。这使我感到欣慰，喝咖啡救活了酪梨树，可见咖啡是好东西，我还可以突破一般的观念，每天多喝两杯。

早晨，我还是吃酪梨，酪梨籽就随手种在围墙外三哥的农田里。果然，种子需要土地，那些酪梨都长得刚健翠绿，一个暑假就与围墙等高。

暑假结束了，我要返回台北，就把咖啡色的酪梨移植到长了许多酪梨树的三哥的田地，万绿丛中一树褐，看到的人都感到奇特、不可思议。

有人说："它会慢慢变绿的！"

有人说："这整棵褐色的树真奇怪，不知道果子是不是也是褐色的！"

人人称奇的酪梨树并不转绿，全株都是咖啡色。有人问我原因，我也说不出道理，我说："我喝了几千杯咖啡，身体也没有变色，不知道为什么，它只喝了几杯咖啡渣，身体却变成咖啡色了！"

这是六年前的事了，最近弟弟打电话给我，说酪梨树结果了，果然，果子也是咖啡色的。

"那要如何分辨是青的，还是熟的呢？"

"浅咖啡是青的，深咖啡是熟的！"弟弟说。

"有咖啡的味道吗？"

"那倒是吃不出来。"

这个世界多么神奇，酪梨在婴孩时代，以咖啡渣作为养料，这竟成为它生命色彩的重要元素，渲染了它的全身，从此，资质确定，不再更改，更令人觉得可亲可敬。

但是，这种神奇也是生命中的偶然，我后来用咖啡渣养过许多酪梨，就没有一棵是咖啡色的。每年回到乡下，我都会去抱抱那棵酪梨树，像是拥抱自己的孩子，现在，这孩子已经长到两层楼高了。

每有人问起，为什么这酪梨树是咖啡色的？

我总说："它从小喝咖啡长大。"

我不迷惑，只是惊奇；我不探寻，只是赞美；我不质疑，只是欢喜……

这神奇的人间，我希望每天都能与美好的事相遇。每天喝蓝山咖啡的一刻，我总如是期许。

莲花与冰冻玫瑰

莲　花

他们都爱莲花。

学生时代，他们一听到什么地方种了莲花，就会不辞路远跑去看，常常坐在池塘岸边，看莲看得痴迷，总觉得莲花不管在什么样的情况下都美。

初开的有初开的美，盛放的有盛放的美，即使那将残未谢的，也有一种说不出的温柔而凄清的美丽。

有时候季节不对，莲花不开，也觉得莲叶有莲叶的清俊，莲蓬有莲蓬的古朴。她常自问：为什么少女时代的眼中，莲花有着永远的美丽呢？后来知道，也许是爱情的关系，在爱情里，看什么都是美的，虽然有时不知美在何处。

几次坐在池边，他总轻轻牵起她的手，低声说："我们可以不要名利财富，以后只要在院子里种一池莲花，就那样过一辈子。我可以在莲花池边为你写一辈子的诗。"

他甚至在私下里把她的小名取作"莲花"，说在他的眼中他永远能看见一池的莲，而她的声音正像是莲花初放那一刻的声音。

学生时代，他就是小有名气的诗人了，每天至少写一首诗送她，有时一天写几首，那真像一池盛放的红莲，让她觉得自己是他的一池莲中最美的一朵。

但她不是唯一的一朵，她知道自己怀孕的时候，他正在外岛服役，她高兴地写信给他说："我们将会有一朵小莲花。"没想到从此却失去了他的消息。

最后，她把小莲花埋葬在妇科医院的手术台上。

她结婚以后，央求丈夫在前院里辟了一个大池塘，种的就是莲花。她细心地无微不至地照顾那一池莲花，看着莲花抽芽拔高，逐渐结出粉红色的花苞；而那样纯粹专一地养着莲花，竟使她生出一种奇异的报复的情愫。每当工作累了，她就从书房角落的锦盒里取出他写过的一沓诗来，一边回味着当年看莲花的心情，一边看着窗外暗影浮动的莲花，感觉到那些优美而稚嫩的诗句已随着当年的莲花在记忆里落葬，而眼前正是一畦新莲，长在另一片土地上，开在另一种心情上。

有时未免落下泪来，为的是她竟默默在实践着少年时代他的誓言，唯一慰藉自己的是他讲这誓言的时候应该是充满真挚的吧。

她有着一种无比深厚的母亲的宽容，逐渐原谅他的离去。她感觉自己的宽容像水面的莲叶那样巨大，可以覆盖池中游着的鲤鱼。

她亲手种植的莲花终于完全盛开了，她的丈夫也为此惊叹，对她说："我听说，莲花是很难种植的花，必须有无比的坚韧和爱才能种起来，没想到你真的种成了。"她微笑着，默默饮着去年刚酿成的红葡萄酒。丈夫初尝她做的酒，对着满院的莲花说："你这酒里放的糖太少了，有点酸哩！今年可要多放点糖。"她也只是笑，做这酒时有一点恶戏的心情，就像她种莲花时的心境一样。

莲花结成莲蓬，她采收的时候，手禁不住微微颤抖着，黑色的莲蓬坚实地保卫着自己心中的种子。她用小刀把莲蓬挑开，将那晶莹如白玉的莲子一粒粒地挖出来，放在收藏他的诗信的锦盒里。莲子那样清洁，那样纯净，就像珠贝里挖出的珍珠，在灯光下，有一种处女的美丽，还流动着莲花清明的血。

她没有保存那些莲子，却炖了一锅莲子汤，放了许多许多的冰糖，等待丈夫回来。

丈夫只喝了一口，就吐了一地，深深地皱着眉头问她："这莲子汤怎么苦成这样？"她受惊了，赶忙喝了一口莲子汤，硬生生地吞了下去，一股无以形容的苦流过她的舌尖，流过喉咙，在小腹里燃烧。

看她受惊，丈夫体贴地牵起她的手说："莲子里是有莲心的，莲心是世上最苦的东西，要先剥开莲子，取出莲心，才可以煮汤。"

她捞起一颗莲子剥开，果然发现翠绿色的莲心像一条虫蛰伏在莲子里面，为此她深深地自责起来：为什么以前她竟不知世上有莲心这种东西？

丈夫拿起桌上的莲心说："也有人用莲子来形容爱情，爱情表面上看像是莲子一样，洁白、高贵、清纯，可是剥开以后，有细细的莲心，是世上最苦的东西。如果永远不去吃它，不剥开它，莲子真是世界上最美的果实呢！"

她终于按捺不住，哇啦一声痛哭起来，腹中莲子汤的苦汁翻涌成她的泪水。那时候她才知道她永远不会忘记陪她看过莲花的人，那个人不只带她看了莲花，还让她成为莲子里那一条细长的莲心，十几年后还饮着自己生命的苦汁。

冰冻玫瑰

他认识一个长辈，五十余岁的人了，看起来像刚到三十岁的少妇，她的脸上还有少妇一样光灿的神采。由于善于保养的关系，她的身材还维持着可能在他出生以前就保有的身材。

每次去看她的时候，他就真正知道，时间和岁月并不是多么可怕的东西，总还有抗衡的余地。她是战胜了时间——至少是和时间拔河，而后来的二十年并没有失去。

她独自居住在一栋巨大的房子里，他每次去，看她坐在窗口，阳光从她脸上抚过，觉得她真是有一种不可言喻的美。不只她的脸美丽一如少妇，眼睛也有格外闪亮的光华，只是她微微布着皱纹的唇角有一种智慧，是少妇不可能有的，虽然他并不明白那是何等的智慧。

她常常请他去谈艺术，喝着她从国外带回来的伏特加酒。那酒看起来清淡如水，饮着微微有一种苦意，喝入腹中则浓浓地烧炙起来，可以感觉到它在血管中流动的速度。她是善饮的人，因此总是劝她少量地饮，但她饮了酒以后却生出一种连少妇都不能有的明媚，一如少女，谈着她对人生未来的期待，她还没有完成的艺术之梦，她对情爱的憧憬。听的时候总令他忘记她的年纪，深深地为未来的美而感动不已。

有一天清晨，他去探望她，路过一家花店，看到红色的玫瑰开得正盛，就挑了九十九朵玫瑰送给她，对她说："青春长久。"她接过玫瑰后默然不语，把它们插在一个巨大的盆子里。然后他们坐在玫瑰花边，她涌出明亮的泪水，对他说："已经有十年，没有人送过我玫瑰花了。"

她流着泪，说起了她的一生，三次失败的婚姻，十余次还可以回忆的爱情，以及数千个寂寞凄清的异国之夜。说到最后，她幽幽地说："我的大儿子正好和你同年，看到你，我总是想起自己的孩子。"他陪着她饮完一整瓶伏特加酒，自己的脸上爬满了泪痕，他们相拥痛哭，她拍着他的肩说："孩子，不要哭，孩子，不要哭……"声音喃喃，犹如清晨破窗而入的阳光。

她擦干泪水，微笑着对他说："青春不是玫瑰，青春是伏特加酒，看起来不怎么样，喝光的时候，才知道它的后劲蛮强的。你是送我玫瑰花的孩子，我会永远纪念着你。"她醉了，靠在窗口睡着了。他不敢惊动她，看着她泪痕犹湿的侧脸，好像自己已经陪着她，从她的幼年时代，一起经历了一个大时代的变乱，还有无数个充满美丽和哀愁的故事。她像他的母亲一样，带他走过了一个巨大的园林，看到许多尚未愈合的伤口，那些伤口，他们认识五年，她从来没有说过，仅仅像一束玫瑰花，每一朵都有一个故事。

隔了一个星期，他去看她。她进屋端出来一盆玫瑰，是他送给她的，却还新鲜如昔，花瓣上还有初摘时一样的水珠。她说："你看，你带来的玫瑰还没有谢呢！"他惊奇地说："呀！没有玫瑰能维持这么久。"

"我把它冰在冰箱里，在冰箱里的玫瑰可以活两个星期以上。"她微笑着说，"你看我的时候，是不是觉得我永远不会老？不是的，我只是冰冻起来，把我的青春和爱情冰冻起来，让它不至于变化，但是再长就不行了，在冰箱里的玫瑰，放久了也会谢的。"

那一刻，他才体会到她真是老了，一个年轻的少女不会有把玫瑰冰冻起来的心思，那样无奈，那样绝望。

她似乎猜中他的心思，对他说："其实，我最后的岁月是这样准备着：我还要轰轰烈烈地爱一次。我年少的时候曾爱过，但不知道怎么去爱，后来我知道了怎么去爱，我已经过了中年。现在如果我有一次新的爱情，我会全心全意地把整个人生奉献出去，当这个心愿完成的时候，我一定会在一夜间死去。中年人真心去爱是会耗尽心力的，就像一株竹子，每一株竹子一生只准备开一次花，年轻的时候，竹子不知道怎么开花，等到它会开花的时候就一次怒放，开完花就死去了。"

他们谈到了爱情，她的结论是这样简单：一个人一生中真正的爱只有一次，我觉得我的那一次还没有到来。

他终于知道她总也不老的原因，那是她把二十年的青春冰冻起来，准备着最后一次的殉情，所以她不会老。他知道她在他的心里是永远不会老的。

后来她出国了，他路过她家附近时，总是为她祈祷，为青春与爱的不死祈祷。想念她时就记起她说的："一朵昙花只开三小时，但人人记得它的美；一片野花开了一生，却没有人知道它们。宁可做清夜里让人等待的昙花，也不要做白日寂寞死去的野花。"

蝴蝶的传说

最近有两则关于蝴蝶的事件，令人一则以喜，一则以忧。

喜的是，在兰屿岛上原本有一种名为"珠光黄裳凤蝶"的蝴蝶，它生长的地方仅限于兰屿原始森林的边缘，范围不过是五六平方公里，数量非常有限。由于前几年台湾蝴蝶手工艺兴盛，许多人都跑到兰屿这个狭小地域捕捉这种被称为"台湾最大最美"的蝴蝶，听说一只的价钱可以卖到八十元 ①。

捕蝶者为了厚利，不仅捕捉成蝶，甚至连它的蛹和幼虫都不放过。滥捕滥捉的结果，使原本数量有限的珠光黄裳凤蝶濒临绝种，差不多要永远在世界上消失。侥幸的是，岛内蝴蝶加工业没落，捕捉蝴蝶已无利可图，才使这种蝴蝶从灭绝的深谷复活，令

---

① 指我国台湾地区流通的货币。——编者注

人大大地舒了一口气，为那些无辜的蝴蝶感到庆幸。至少它们没有步台湾黑熊、野生梅花鹿、石虎的后尘，我们的子孙还有机会看到它们美丽的飞翔姿势。

这是一连串自然生态、野生动物的破坏与杀灭声中唯一的喜讯。可惜的是，我们并不是因为珠光黄裳凤蝶的珍贵而保护它，反而是由于它卖不到价钱而被捕蝶者放了一条小小的生路。哪一天蝴蝶加工业复苏时，也正是珠光黄裳凤蝶真正死亡的时刻。这样想起来，在喜讯中不免也有一些忧思。

另外，令人担忧的消息是，高雄县美浓镇闻名遐迩的"黄蝶翠谷"，被该县划为将来兴建水库的"水库淹没区"，洪水一来，蝴蝶自然尸骸无存。美浓水库的兴建据说已经势在必行，它是为了解决高屏地区万千民众日渐严重的水荒问题，不巧高雄县仿佛没有比这个地方更适合兴建大型水库的地方，那么黄蝶翠谷日后必是黄水漫漫，既没有翠谷可见，黄蝶自然无地栖身了。

我对黄蝶翠谷有一份特别的情感，因此知道这个消息时，我忧心不已。我幼年居住的地方，离美浓的黄蝶翠谷只有十分钟的车程，有时步行前往，一个多小时也就到了。读小学的时候，学校远足经常选择黄蝶翠谷（当时没有这样好听的名字，我们叫它"万蝶谷"）。尤其在春天的时候去，走进谷里，河溪两岸的卵石上栖息着不计其数的蝴蝶，人声一近，那原本浮在石上，像落叶般铺满的小黄蝶会哗然飞起，几乎遮蔽了整个天空。

　　天空里满满地飞舞着片片黄色的蝴蝶，我们坐在阴影中抬头看，的确能感受到大地与生命的绚丽，我一直在记忆里保留着这美丽的一幕。有人说蝴蝶是花的精魂，是花的前世回来会见今生，我相信这种说法。蝴蝶的生命虽然短促，但短得有风姿，短得辉煌，让我们知道有时候短暂的美丽也是好的，因为它活着，活的一天不是胜过死去的一世吗？

　　在蝴蝶数量最多的时候，我们可以在黄蝶翠谷同时看到蝴蝶如何产卵、如何孵化成虫、如何结蛹、如何破蛹而出、如何飞上天空，甚至如何死亡化为一朵飘零的黄花……这种种生命生长变化的过程虽然微小，却充满人生的大启示。任何一位敏感的小孩仔细观察审思了这个过程，都会在心灵上有新的视角，看到生命衍化时最巧妙的一瞬。如此，蝴蝶虽小若黄叶，虽短暂若蜉蝣，在它斑斓的双翼里，则有了生命兴衰再生的浩浩大道，可以在短短的瞬间使我们的心灵为之成长。

　　我每次到了黄蝶翠谷，在心灵的最深处都会得到不同的启示。今年我又去了一次，看到日渐增加的游客在谷中追逐蝴蝶，感觉那里的蝴蝶已不再如幼年时代那样美丽、那样多姿、那样潇洒而有生气，但到底还是有蝴蝶，数量还是惊人的。可惜，这些美丽的蝴蝶、美好的记忆都将随着水库的兴建而淹没沉埋了。

　　当然，蝴蝶似乎没有饮水重要，失去一谷蝴蝶也仅仅是一种忧伤，并不会真正伤害人的生命。在大人物的眼中，一谷蝴蝶也许不如一杯水，但从反面看，有时一只蝴蝶给人的感动甚至胜过一大潭水。

我并不是反对兴建水库，因为那可以造福我们的乡梓，问题是，对那些满天满地将要消失的蝴蝶，我们是不是有方法加以拯救呢？在水之湄，在青翠的河溪谷地，如果没有蝴蝶凌空的影子，我们会失去什么呢？

我有一个孩子，他对书里面的蝴蝶再熟悉不过，可是却没有真正见过一只蝴蝶。因为即使在春天，台北也找不到蝴蝶的影子，我常为此烦恼，生怕我的孩子再也看不到万蝶哗然升起的一幕了。

总有那么一天，蝴蝶会像一片彩色的贴纸，静静贴在我们记忆的某一处。它不再飞舞了，它只说明了一种美丽逝去时的忧伤，那种忧伤是不可能弥补的，除非我们再创一个"黄蝶翠谷"，否则若干年后，它将成为一个传说。

传说可以这样记载："在南方的某一个谷地，曾经生存着遍地的美丽动物，它会飞，但不是鸟，是昆虫的一种。有人说这种昆虫色彩如孔雀，但比孔雀更宜于做生命的联想。这片谷地，最后被人类的大水淹没，这种叫作蝴蝶的美丽昆虫，永远在那个谷地消失了。"

银合欢

　　台湾南部的山区里，有一种终年都盛开着花的植物。它的花长得真像一个个绒线球，花色大部分是鹅黄色，也有少数变种的，可以开出白色或粉红色的花来。它有一个非常好听的名字，叫作"银合欢"。

　　在种满银合欢的山坡上，远远望去，仿佛遍地长满小小的绣球。最美的时候是晴天的黄昏，稍微有一些晚风，阳光轻浅地穿透银合欢质地温柔的花蕊，微风缓缓地摇曳，竟让人感觉山上的银合欢是至美的花，不像是长在山地野田间的灌木丛。

　　萎谢的银合欢花，会从花茎中生出长长的荚果，先是柔软的绿色，很快成熟为褐黑色，最后爆开。细小的种子随风飘落各处，第二年又长出一丛丛的银合欢。它们的生命力繁盛而惊人，如果坡地上有一丛银合欢，没有多久它们就能盘踞整个山坡。

由于它的生命力那样旺盛，在乡人的眼中它是卑贱的，从来没有人认为银合欢美丽，它的用处很简单：被用来生火。因为它的枝干中间有细软的棉状组织，很容易点起火来，即使是它干掉的荚果，只要放一把小火，也会熊熊燃烧。

在我们乡下，银合欢一直是烧火最好的材料，而且取用不绝。尤其在贫瘠的土地上，农人通常撒下银合欢的种子，到了冬天的时候，把遍生的银合欢放火烧掉，它的灰烬很快成为土壤最好的肥料。隔年春天，就可以在那里种花生、番薯等容易生长的作物。

童年的时候，我对银合欢有说不出的好感，这种好感不只来自花的美丽，它的羽状叶子也能编成非常好看的冠冕，它的枝丫又常常成为我们手中的剑，也是我们在荒野烤番薯最好的木材。

因此，我曾仔细观察银合欢的生长，每天跑到我家附近的银合欢丛中，用铅笔在根的最底部画下记号，第二天再跑去看，这样我就能真切地感觉到银合欢迅速地自土中拔起，它甚至比春天最好的稻禾长得还要快。平常时候，银合欢一个月大概可以长一尺高，如果在夏天的雨季，或者是那些长在河岸边的银合欢，它们一个月可以长两尺高。常常一个暑假过去，本来刚发芽的银合欢就长得和我一样高了。

我一直不能理解，为何长在石头地里、完全没有人照看的银合欢，竟能和时间竞赛似的，奇异地长高。

那时我们家有一个林场，父亲在较低的山坡上种了桃花心木，较高的地方则种上南洋杉。它们对时间好像都没有感觉，有时一个月也看不到它们长一英寸①，桃花心木要十年才能收成，南洋杉则要等十五年。

有一次我问父亲，为什么不在山上都种上银合欢呢？它们长得最快。

在林地工作的父亲笑了起来，他说："银合欢长得那么快，可是它不能做家具，甚至不能做木炭。你看这些南洋杉，虽然长得慢，但是结实，将来是有用的木材。"

"可是，银合欢也可以做柴火，还能做肥料呀！"我说。

"傻孩子，任何木头都能做柴火，也都能做肥料，却不是任何木头都能做家具的。"

虽然银合欢在乡人的眼中是那么无用，连父亲都看不起它，可我还是打心里喜欢它。因为它低矮，不像桃花心木崇高；它亲切，不像南洋杉严肃。何况，它在风里是那么好看。

最近读到一篇报告，知道有科学家发现银合欢生长快速的特点，拿它做肥料实验。他们在种满银合欢的坡地上空中施肥，记录它的成长，和那些未施肥的银合欢比较，来验证肥料的效果。同样，也有一部分科学家拿它来做除草剂的实验，利用它强盛的生命力，来观察除草剂的效果。这些实验都证明，银合欢是最适

① 1 英寸约合 2.54 厘米。——编者注

合用来做实验的植物，就像卑微的老鼠常常成为动物解剖与试食各种毒物的祭品。

这使我对银合欢又生出一些敬意来，它虽不能是崇高巨大的木材，但说到底，它有许多别的木材所没有的用处，如同乡里间的小人物，他们不能成为领导者，却各自在岗位上发挥了大人物所不能体知的功能。而且，我相信不论我们如何在银合欢的身上实验，在小老鼠的身上解剖，它们都不会灭绝的，因为上苍给了它们特别的生命力。

我想到我在金门时候的一件旧事。在金门古宁头的海边上，生长着无数的银合欢，在阳光下盛开着花。我从古宁头的望远镜中看大陆沿岸，发现镜中的海岸也生长着银合欢，也开了花。那幅图像深深地印在我的脑海里，隔了几年也不能忘却，每在乡间山里看到银合欢，那幅图像就浮现出来。

因为那时与银合欢隔海对望，有着浓浓的乡愁，那乡愁的生长力和银合欢一样，一月一尺，隔了一个春天，它就长得和人同样高了。我只是不知道，是此岸的种子落到彼岸，还是彼岸的种子被吹送到此岸呢？生长在海峡两岸的银合欢有什么不同呢？

敏感的花

听说阿姆斯特丹公园四月的时候开满了郁金香，我们到的时候已是深秋，满园的郁金香已经凋零，谢落得一朵不剩。有几次我不甘心，到花市去，竟也找不到郁金香。

郁金香是荷兰的国花，到其国而不见其花，心情免不了有些落寞。我到阿姆斯特丹的郁金香园子里，非但一朵花不见，仿佛还是一个荒原，连叶子也没有了。园子里的人说："还是等春天再来看吧！郁金香是很敏感的花，它是长在春天的。"他拉紧身上毛衣的领子说："现在已经是秋天了。"

管理人想了一想，说："如果你们想看郁金香，唯一的办法是到温室去。"然后，他步行带我们到阿姆斯特丹公园的温室，就像所有植物的实验所，温室是以玻璃屋建成的，种植了许多亚热带、热带的植物，以及许多不合节令的花朵，使春夏秋冬的花朵全开在一室。由于看守温室的人去度假了，我们只能沿着玻璃房子的外围参观；我看到零零落落的几朵郁金香在花房中开得正盛，每朵花都像是一朵张开在空中的微笑，可惜隔着玻璃，那稀有的微笑竟有一些不能言宣的落寞。

郁金香在荷兰本是最普遍的花，它通常一大片一大片地在草原中盛放，因此给人一种锦绣灿烂的感觉。它在大地上呼吸，并给大地一种美丽的回应，如今季节已过，只好在温室里独自观照自己的美与自己的寂寞。

我想起初抵荷兰的时候，居住在荷兰的朋友告诉我，荷兰人自诩是"世界上最会种花的民族"，认为不管什么花到了他们手中，总能种出比别处更美的花朵。郁金香不用说，看阿姆斯特丹公园的玫瑰就知道，一株玫瑰枝上开出十几朵花，在荷兰是司空见惯的事。荷兰花市的庞大、热闹，也是别处少见。

我在市区中心的花市，仔细观察花贩把每日卖剩的鲜花，不知道用什么方法一束束系好，倒挂在屋顶上，自然风干，日久还能保持原色与形状，取下时还是如新鲜的一般，而且价钱比当日出产的鲜花还要贵。看那些花，不得不赞叹荷兰人不但是"世界上最会种花的民族"，也是"最会保存花的民族"，但是一个花贩告诉我们，不管他们多么努力，都不能让郁金香在秋天的原野上开花，这是荷兰人极引以为憾的事。而郁金香是草茎的，甚至不能用风干的方法保存它。

也就是说，郁金香是荷兰花期最短、最不易保存的鲜花，偏偏又是荷兰的国花，怪不得荷兰人一到秋冬之际就特别怀念郁金香——这大概就是一种时空的乡愁吧！

到过欧洲的人，应该都能同意我的说法："荷兰是欧洲比较没有意思的国家。"论人文景观，它比不上法、意、英、德诸国；论山水风物，它比不上瑞士及北欧诸国；论艺术成就，除了伦勃朗、凡·高，没有过什么惊人的表现；有人说阿姆斯特丹是"北方的威尼斯"，却又缺乏威尼斯那种曲折回转的趣味。

十七世纪的时候，阿姆斯特丹曾是极繁盛的城市，荷兰蕞尔小国也曾是到各地去殖民的列强之一，足迹甚至远达中国台湾。比起当年，今日荷兰算是大为衰落了。它闻名于世的，一是遍生草野的花；二是作为欧洲色情、贩毒的中心；三是作为钻石加工中心。

几处本来闻名的荷兰观光地，现在也消沉了。像风车，早年的实际用途已经消失，现在仅供拍照与怀旧；像水都，由于陆上交通的发展，如今已经没落；像海牙国际法庭，已缺乏国际的公信力；像皇家艺术馆，多少年没有新的展览；像凡·高美术馆，大部分凡·高的名作都流落在美国与法国……新的观光地是"小人国"，它以二十五分之一的比例，重塑阿姆斯特丹市容，可惜因为呆板和缺乏创造力，只让人更觉得荷兰的现代文化是小格局的文化。

我在知名的水坝广场曾亲眼看见毒贩在那里交易，四周充斥着流浪汉与装束怪异的青年，形成一种可怕、恐怖的气氛，一般观光客为之却步。阿姆斯特丹的市中心，有所谓"色情橱窗"，色情架布之多，纽约、巴黎这些大城市只有瞠乎其后。贩毒、色情的兴盛同样使首府阿姆斯特丹蒙尘，没有一般欧洲大城市的风情与格调。

荷兰可以傲世的，只剩下花与钻石。花是草原中的钻石，钻石是贵妇颈上的花，两者还装点着日渐失去特色的荷兰。钻石对我们这样的小市民没有什么意义，我们能看的只有花了。

再美的花也有凋零的时候，最会养花的民族也不能改变自然规律。他们能把郁金香养在温室暖房，也正如我们在博物馆里看十七世纪荷兰的荣光，对于天地时序的演进不免感到无力。

在秋天的阿姆斯特丹公园，我们看到了花朵纠结如九重葛的玫瑰，看到了牡丹一样巨大的秋海棠，同时也感觉到季节的大力量。冷得透骨的清晨，中午突然阳光普照，黄昏的来临使大地一片萧瑟，气候一日数变，秋意的深沉，连人都可以感应，何况是花呢？

我想，任何花朵固然是有季节的，一个民族的兴衰何尝不是有季节的呢？夜里坐在阿姆斯特丹郊外的旅店咖啡座，临窗外望，萧萧的风声，瑟缩走过的老人，表情绷紧的女服务生，都仿佛在说阿姆斯特丹秋深了。

一阵风过，落叶狂舞，不禁想起公园管理人说的："还是等春天再来看吧，郁金香是很敏感的花。"对一个旅行的过客来说，心情也是很敏感的。不知道明年郁金香盛开时，荷兰除了花，还有什么？

金急雨

金急雨是一种花的名字，花谢时像乱雨纷飞。他常站在她家巷口前的金急雨花下，看着落了一地的金黄色花瓣。有时风起，干落的花瓣就四散飞去，但不改金黄的颜色，仿佛满天飞起的黄蛱蝶。

有四年的时间，他几乎天天在花下等她，然后一起走过长长的红砖道路。

他们分开的那一夜是在金急雨花的树下，他看她的背影沉默地消失在黑夜的巷子里，心中一片茫然，如同电影放映时的断片，往事一幕幕地从黑巷里放映出来，他一滴泪也没有落，竟感觉那夜的星比平常更明亮。

他捧起一把落地的金急雨，让它们从手指间静静地滑落，那时他真切地体会到，如果金急雨不落下，明年就没有新的芽，也不会开出新的花。萎落的花并非死亡，而是一种成长，一种等待，等待下一个季节。

相识的时候是花结成蕾，相爱的时候是繁花盛开，离别之际是花朵落在微风抖颤的黑夜。

体会到这种惊奇的成长，他竟落下泪来。

飘零的水姜花

盛夏的时候，他们沿着醉梦溪散步，那时候的两岸正无边怒放着野生的水姜花。

水姜花的香气弥漫在整个空间，素净的香气如同他们刚刚携手开始的感情。

她深深地呼吸，转头问他说："为什么白色的花，香气总是比有颜色的花来得浓烈？像水姜花、夜来香、茉莉花、七里香、昙花、素心兰都是，尤其在夜里香得更盛，是不是美丽的颜色与素洁的香气不能并具？"

他没有回答她，默默望着她的侧影，为她的纤细而感动着。

走到桥边，她摘下几朵水姜花，说起她从童年开始就会用水姜花做白色蝴蝶；她以花瓣做翼，花蕊当须，并且为蝴蝶加上绿色的身体。她说："这蝴蝶很牢的，落到溪间也不会分散。"说着，把一对蝴蝶自桥上放落，水姜花便展翼，随着溪上的风飘飘落进水里，果然还是两只完整的蝴蝶，没有被风吹散。

他们沿着溪水追那双白蝶，跑了一段路，就清楚地看见水姜花被溪水冲成八片，沉进溪里。

第二年她嫁了人，到国外去了。他在静夜里闻到花香，总是想到那随风飘落、因水流散的水姜花。

裸樱

　　他们一起到京都旅行，黄昏时分，沿着古寺的墙垣散步时，整个的感觉像长安在心里复活。长安是多么远呀，可是这时是活着的。

　　不同的是，京都的樱花正盛开着。

　　樱花是一种特别的花，有点像流浪者的爱情，速开速谢。每天清晨，他们走到樱花树下，因为一夜的风，满地已经铺着樱花失散了枝干的魂。若有轻微的风，那些樱花的魂魄就在地上轻轻舞动，有一种告别的姿势。

　　她说她爱那树上盛开的樱花，血红的，好像带着一种不可变移的烙印；他同意着，但其实他心里更为樱花落下时旋转飞动的姿态而动容。

　　她仰起头来，看着满园粉红的樱花说："想起来，樱花蛮令人同情的。她的美那样短暂，因此要拼命把美丽裸露出来给人看，就像即将生离死别的爱侣，互相褪下衣裳，欣赏对方最后的裸体。那样美，却那样凄楚；那样动人，却那样锥心。然后，经过一夜的缠绵，就不得不凋零了……"

她说着说着，声音突然哑了，深深呼吸，抑住即将流下的泪。那时，他们同时想起他们的爱，真像她口中的樱花，拼命美丽着，只因为预知了凋零的未来。

他紧紧握住她冰凉的手，说："与其平凡地过一生，还不如璀璨地过一天，璀璨的一天是这么短，却是真正美丽的开放。"他摘下一朵开得最盛的樱花放在她手里，看着她的泪水忍不住缓缓落下。

他们同时抬头看着天空刺血的烙印一样的樱花。她转过身来，两个人紧紧地拥抱，任樱花落了一地，任远方有长安来的马蹄，好像即刻死去也无憾了。

第二天，樱花落得比前一夜更盛。

常春藤

他是深信植物有情的人。

看到草木的荣枯、花叶的兴谢，他都觉得它们多少在预示着什么。

因此，每一回他遇见一位女孩，就在庭院的一角为她种一株植物。或许种一株敏感的含羞草；或许种一株娇艳的玫瑰；或许种一株长满了刺的仙人掌，有时也种一些不为人知的蕨类，让它们在角落里独自青翠。

对他而言，每一株植物都是一座没有文字的碑纪，他用清水灌溉的时候，不仅看到了植物的姿形，也看到了人的面容。有些植物在还没有开花的时候就枯萎了，有些正在晴空下怒放；而他喜欢的人早已离去，常常使他站在院子里的阳光下，感到一种无边的寒冷。

有一年，他为她在墙角种了一株常青的春藤，因为她虽然不艳丽，却时常令他知道这个世界也有春天。

那株毫不起眼的常春藤，不但活过了明亮的春天，也行过冷寒的冬季，沿着墙爬上他书房的窗口，当他每日开窗的时候，在窗外向他招手。

她离开以后，他的常春藤长得更茂盛了，几乎完全遮住他的房子。但他似乎已经知道，这常春藤也有逝去的一日，或者可能在别地另外生长。

他为了体会到这些，常常失眠地看着那株不眠的青藤。

马鞍藤的心事

如果我在沿海岸线的土地上看见马鞍藤的花，会想：牵牛花怎么会跑到海边来？马鞍花果然像是牵牛花的姊妹，只不过，它的个性更为强悍而结实，像是居住在海边的人民。

盛夏时候，马鞍藤肆无忌惮地占领了海边，用它粉紫色的美丽卷埋了海岸大部分的泥土。

我第一次看到整片的马鞍花开在正午的烈日里，心中十分感动。那是由于海边的中午，阳光之热烈让人难以想象，而海边土地的贫瘠也到了顶点，马鞍花竟自有一种无畏的、放怀的勇气，让自己从每一个角落放射出来，并且是那样美丽。

走在花与花的空隙，抬头望着无边的紫花，我想到，人埋在意志里的力量，有时也能像这些马鞍花，只要一些营养，便能在最坏的境况中怒放。

花籽

三年前我退役，背着袋子要北上的时候，爸爸取出一个小瓶子，里面是他亲手培养出来的花籽。他小心翼翼地交给我说："你到台北后，如果有花园，就把它种了。"我便带着这个小瓶子和一袋故乡的泥土上台北。

我很想马上把它种了。

可是上台北后，一直过着租房住的日子。住在小小的公寓中，难得找到一撮土地，更不要说一个花园了。父亲的那瓶花籽便无依地躺在我的袋中，随着我东飘西荡。每次搬家看见那些花籽，就想起每日清晨在花园中工作的父亲。什么时候才能找到一个花园呢？我总是想。

最近，我找到一个有花园的房子，又因为工作忙碌，就把花籽摆在鞋柜子里。有一天，我拉开鞋柜看到那一瓶花籽和那一袋泥土，就把它们撒在家前的花园里。

那时候已经是严冬了，花籽又摆了三年，到底会不会活呢？我写信告诉爸爸，爸爸回信说："只要有土地，花籽就可以活。"他又寄来一包肥料。

我每天照料着那一片撒了花籽的土地，浇水、施肥，在凛冽的寒风中，我总是担心着，也许它就会埋在土地里、断丧了生机吧！

在冬天来临的第二个月，有一天我开窗的时候，突然发现那一群花籽吐了新芽。那些芽在浓郁的花园里，嫩绿到叫我吃惊。是什么力量，让那一瓶从台南带来的花籽，在北地的寒风中也能吐露亮丽的新芽呢？

花籽吐芽的那几日，我常兴奋得无法睡去，总惦念着那些脆弱的花芽。那是什么样的花呢？我问爸爸，他说："等它开了花，你就知道了。"

那个小小花圃中的芽长得出乎意料地快，我几乎可以感知它生长的速度。每天清晨，我都发现它长大了，然后我便像每天面对一个谜题，猜想着那是什么花，猜想着父亲送我这些花是什么用意。我急于知道那个谜题，就更加细心照料那些花。

慢慢地，花长大了，我才知道那是一些茼蒿菜。茼蒿菜是一种贱菜，在乡下，它最容易生长，价格最便宜，而父亲竟把它像礼物一样送给我，那样珍贵。也许父亲是要我不要忘记自己成长的土地吧！

我舍不得吃那一亩茼蒿，每天还是依时浇水看顾。茼蒿长大了，我从来没有看过那么好看的茼蒿。在市场上，茼蒿总是零乱的、萎缩的；在土地上，茼蒿却是那么美丽而充满生机。

差不多一个月的时间，茼蒿就在严冷的冬天里开了花。那花，是新鲜的黄色，在绿色的枝梗上显得格外温暖。我想，这么平凡的茼蒿花竟是从远地移种来的，几番波折，几番流转，但是它的生命深深地蕴藏着，一旦有了土地，它不但从瓶中醒转，还能在冷风中绽放美丽的花朵。

茼蒿花谢了，在花间又结出许多细小的黑色的花籽，看起来那么小，却又那么坚韧。我把种子收藏在父亲当年赠我的瓶中，并挖了一匐泥土——是家乡的泥土和客居地的泥土混成的。

或者有一天，我仍要带上这花籽和这泥土到别地去流浪；或者有一天，这带着故乡根种的花籽，然后在异乡土地结成的花籽，会长在另外的土地上。

人也是一个平凡的茼蒿花籽，不管气候如何，不管哪里是落脚的地方，只要有生机沉埋心中，即使在陌生的土地上，也会吐芽、开花，并且结出新的花籽。

欢喜的心最重要，

有欢喜心，

则春天时能享受花红草绿，

冬天时能欣赏冰雪风霜，

晴天时爱晴，雨天时爱雨。

晴天爱晴，雨天爱雨

岁月有情老

有情十二帖

前 生

前生，我们也是在这样的溪水畔道别的吧？

要不然，我从山径一路走来，心原是十分平静的，可是我看见这条溪时，心为什么如水波一样涌动起来了？周围清冽的空气，使我感到一种不知何处流来的可惊的寒冷。

以溪水为镜，我努力地想知道，这条溪与我有着什么样的因缘？或者是，我如何在溪的此岸，看着你渐远的身影？或者是，同在一岸，你往下游走去，而我却溯流而上？

我什么都照映不出来，因为溪水太激动了。

这已是春天了呀！草正绿着，花正开着，阳光正暖，溪水为什么竟有清冷而空茫的感觉呢？

想是与久远的前生有着不可知的关系。

在春天的时候，临溪而立，特别能感觉到生命是一道溪流，不知从何流来，不知流向何处。

此刻的我，仿佛是奔流的河溪中刚刚落下的一片叶子。

流　转

在十字路口的古董店临窗的角落，我坐到一把太师椅上，立刻就站起来，因为那张椅子上还留着别人坐过的温度。

从小我就不习惯别人坐过的热椅子，宁可站着等那椅子冷了，才落座。尤其是古董椅子，据说这张椅子是清朝传下来的，那美丽的雕花让我知道这不是平民的椅子，它的第一主人曾经是富有的人吧！

现在，那个富有的人，他的财富必然已经散尽了，他的身体一定也在时空中消亡了，留下这一张椅子，没有哭笑，在午后的阳光中静静的，几乎是睡着一般。

我在古董店转了一圈，好像与时空一起流转。唐朝的三彩马、明代的铜香炉、清朝的瓷器、民初的碗盘，有很多还完美如新。有一张八仙彩，新得还像一个面容贞静的妇女一针一针刺绣上去一般，针痕还在锦上，人却已经远去了，像空气，像轻轻的铜铃声。

在古董店，我们特别能感受到时光的无情，以及生命的短暂。步出古董店时我觉得，即使在早春，也应珍惜正在流转的光阴。

山　雨

看着你微笑着，无声，在茫茫的雨雾中从山下走来。你撑着的花伞，在每一级石阶一朵一朵开上来，三月道旁的杜鹃与你的伞一样有艳红的颜色。在春雨的绵绵里，我的忧伤，像雨里的乱草缠绵在一起，忧伤的雨就下在我的眼中。

眼看你就要到山顶，却在坡道转弯处隐去了，隐去如山中的风景，静默。雨，也无声。

山顶的凉亭里，有人在下棋。因为棋力相当，两个人静静地对坐着，偶尔传来一声"将军"，也在林间转了又转，才会消失。

我看着满天的雨，感觉这阵雨永远也不会停。

你果然没有到山顶上，转过坡道又下山了，我看着你的背影往山下走去，转一道弯就消失了，消失成雨中的山，空茫的山。

山雨不停，我心中忧伤的雨也一如山雨。

这阵雨永远也不会停了！看着满天的雨，我这样想着。

突然听到凉亭里传来一声高扬的"将军！"。

四　月

我最喜欢四月的阳光，四月的阳光不温不火，透明温润，有琉璃的质感。

四月的阳光，使每一朵花都如水晶雕成，在风里唱着希望之歌，歌声五色仿佛彩虹。

四月的阳光，使每一株草都是青翠繁生，在土地写着明日之诗，诗章湛蓝一如海洋。

在四月的阳光中，我们把冬寒的灰衣褪去，皮肤触着遥远天际传来的温热，使我想起童年时代，赤身奔跑过四月的田野，阳光就像母亲温暖的怀抱，然后我们跳入还留着去年冬寒的溪里游水。最后，我们带着全身琉璃的水珠躺在大石上，水一丝丝化入空中，我们就在溪边睡着了。

在四月的阳光中，草原、树林、溪流、石头都是净土，至少对无忧的孩子是这样的。所以，不论什么宗教，都说我们的胸怀应如赤子，才能进入清净之地。

四月还是四月，温暖的阳光犹在，可叹的是我们都不再是赤子了。

石　狮

我们走过生命的原野时，要像狮子一样，步步雄健，一步留下一个脚印。

我们渡过生命河流之际，要像六牙香象，中流砥柱，截河而过，主宰自己生命的河流与方向。

我们行经生命的丛林小径，要像灰鹿之王，威严而柔和，雄壮而悲悯，使跟随我们的鹿都能平安温饱。

这些都是佛经的譬喻，是要我们期许自己像狮子一样威猛，像大象一样壮大，像鹿王一样温和庄严。当我们想起这几种动物，真有如自己站在高山顶上，俯视着莽莽的林木与茫茫的草原，也有那样的气派。

狮子是文殊师利菩萨的坐骑，白象是普贤菩萨的坐骑，都是极有威势的护法，尤其狮子更是普遍，连民间的一般寺庙都是由狮子来护法的。

今天路过一座寺庙，看到门前的石狮子有不同的表情，几乎是微笑着的，然后我想起每座寺庙前的狮子，虽是石头雕成，每只的表情却有细微的不同。

即使是石狮子，也是有心，特别是在温馨的五月清晨的微风之中。

欢　喜

黄山谷有一天去拜访晦堂禅师，问禅师说："禅宗的奥义究竟是什么？"

晦堂禅师说："《论语》上说'二三子以我为隐乎？吾无隐乎尔。'禅对你们也没有什么隐藏，这意思你懂吗？"

黄山谷说："我不懂。"

然后，两人都沉默了。一起在山路上散步，当时，木樨花正开放，香味满山。

晦堂问："你闻到香味了吗？"

"是，我闻到了！"黄山谷说。

"我像这木樨花香一样，没有隐瞒你呀！"禅师说。

黄山谷听了，像突然打开心眼一样开悟了。

是的，这世界从来没有隐藏过我们，我们的耳朵听见河流的声音，我们的眼睛看到一朵花开放，我们的鼻子闻到花香，我们的舌头可以品茶，我们的皮肤可以感受阳光……在每一寸的时光中都有欢喜，在每个地方都有禅悦。

我曾在一个开满凤凰花的城市住了三年，今天看到一棵凤凰花开，好像唱着歌一样，使我的眼耳鼻舌身意都洋溢着少年时代的欢喜。

院　子

　　农村里的秋天来得晚，但真正秋天来的时候都很写意的。

　　首先感觉到的是终于有黄昏的晚霞了，当河边的微风吹过，我们背着沉重的书包回家，站在家前院子往远山看去，太阳正好把半个天空染红；那云红得就像枫叶，仿佛一片一片就要落下来了。于是，我常常站在院子里就呆住了，一直到天边泼墨才惊醒过来。

　　然后，悬丝飘浮的、带着清冷的秋灯的、只照射自己的路的萤火虫，不知道是从河的对岸还是树林深处来了，数目多得超乎想象，千盏万盏掠过院子，穿过弄堂，在草丛尖浮荡。有人说，萤火虫是点着灯来找它前世的情缘，所以灯盏才会那么凄清闪烁，动人肝肺。

　　最后，是大人们扇着扇子，坐在竹椅上清喉咙："古早、古早、古早……"说着他们的父亲、祖父一直传说不断、忠孝节义的故事。听着这些故事，我觉得秋天真是温柔，温柔中流着情义的血。我们听故事的那个院子，听说还是曾祖父用石块亲手铺成的。

　　秋天枫红的云，凄凉的火，用传说铺成的院子在闪烁，可惜现在不是秋天，也找不到那个院子了。

有　情

"花，到底是怎么开的呢？"有一天，孩子突然问我。

我被这突来的问题问住了，我说："是春天的关系吧。"

对我的答案，孩子并不满意，他说："可是，有的花是在夏天开，有的是在冬天开呀！"

我说："那么，你觉得是怎样开放的呢？"

"花自己要开，就开了嘛！"孩子天真地笑着，"因为它的花苞太大，撑破了呀！"

说完孩子就跑走了，是呀！对一朵花和对宇宙一样，我们都充满了问号，因为我们不知它的力量与秩序是明确来自何处。

花的开放，是它自己的力量在因缘里的自然展现，它蓄积了自己的力量，使自己饱满，然后爆破，有如阳光在清晨穿破了乌云。

花开是一种有情，是一种内在生命的完成，这是多么亲切呀！使我想起，我们也应该蓄积、饱满、开放，永远追求自我的完成。

炉　香

有一天，一位老太太问赵州从谂禅师："怎样去极乐世界呢？"

赵州说:"大家都去极乐世界吧!我只愿永远留在苦海。"

我读到这里,心弦震动,久久不能自已,一个已经开悟的禅师,他不追求极乐,而希望自己留在与众生相同的地方,在苦海中生活,这是真实的伟大的慈悲。就好像在莲花池边,大家都赶来看莲花,经过时脚步杂乱,纸屑满地,而他只愿留下来打扫莲花池。

抬起头来,我看见案前的檀香炉,香烟袅袅,飘去不可知的远方,香气在室内盘绕不息。这烟气是不是也飘往极乐世界呢?可是如果没有香炉的承受,接受火炼,檀香的烟气也不可能飞到远方。

赵州正是要做那个大香炉,用燃烧自己之苦来点拨众生虔诚的极乐之向往。

我也愿做烧香的铜炉,而不要只做一缕香。

天 空

我和一位朋友去参观一处颇有年代的古迹。我们走进一座亭子,坐下来休息,才发现亭子屋顶上刻着许多繁复、细致、色彩艳丽的雕刻,是人称"藻井"的那一种东西。

朋友说:"古人为什么要把屋顶刻成这么复杂的样子?"

我说:"是为了美感吧!"

朋友说不是这样的,因为人哪儿有那么多的时间整天抬头看屋顶呢!

"那么,是为了什么?"我感到疑惑。

"有钱人看见的天空就是这个样子的呀!缤纷七彩、金银斑斓,与他们的珠宝箱一样。"这是我第一次听见的说法,眼中禁不住流出了问号,朋友补充说:"至少,他们希望家里的天空是这样子,人的脑子塞满钱财就会觉得天空不应该只是蓝色,只有一种蓝色的天空,多无聊呀!"

朋友似笑非笑地看着藻井,又看着亭外的天空。

我也笑了。

当我们走出有藻井的凉亭时,感觉单纯的蓝天,是多么美!多么气派!

"水因有月方知静,天为无云始觉高。"我突然想起这两句诗。

如 水

曾经协助丰臣秀吉统一全日本的大将军黑田孝高,他善于用水作战,曾用水攻陷了久攻不下的高松城。因此在日本历史上有"如水"的别号,他曾写过"水五则":

1. 自己活动,并能推动别人的,是水。

2. 经常探求自己的方向的,是水。

3. 遇到障碍物时，能发挥百倍力量的，是水。

4. 以自己的清洁洗净他人的污浊，有容清纳浊的宽大度量的，是水。

5. 汪洋大海，能蒸发为云，变成雨、雪，或化而为雾，又或凝结成如晶莹明镜的冰，不论其变化如何，仍不失其本性的，也是水。

这"水五则"也就是"水的五德"，是值得参究的，我们每天要用很多水，有没有想过水是什么？要怎样来向水学习呢？

要学习水，我们要做能推动别人的、常探求自己方向的、以百倍力量通过障碍的、有容清纳浊度量的、永不失本性的人。

要学习水，先要如水一般无碍才行。

茶　味

我时常一个人坐着喝茶。同一壶茶，在第一泡时苦涩，第二泡甘香，第三泡浓沉，第四泡清冽，第五泡清淡。再好的茶，过了第五泡就失去味道了。

这泡茶的过程令我想起人生，青涩的少年，香醇的青春，沉重的中年，回香的壮年，以及愈走愈淡、逐渐失去人生之味的老年。

我也时常与人对饮，最好的对饮是什么话都不说，只是轻轻地品茶；次好的是三言两语；再次好的是五言八句，说着生活的近事；末好的是九嘴十舌，言不及义；最坏的是乱说一通，道别人是非。

与人对饮时常令我想起，生命的境界确是超越言句的，在有情的心灵中不需要说话，也可以互相印证。喝茶中有水深波静、流水喧喧、花红柳绿、众鸟喧哗、车水马龙种种境界。

我最喜欢的喝茶，是在寒风冷肃的冬季，夜深到众音沉默之际，独自在清静中品茗，一饮而尽，两手握着已空的杯子，还感觉到茶在杯中的热度，热，迅速地传到心底。

犹如人生苍凉历尽之后，中夜观心，看见，并且感觉，少年时沸腾的热血，仍在心口。

季节十二帖

一月——大寒

冷也冷到顶点了。

高也高到极限了。

日光下的寒林没有一丝杂质，空气里的冰冷仿佛来自故乡遥远的北国，带着一些相思，还有细微几至不可辨认的骆驼的铃声。

再给我一点绿色吧，阳光对山说。

再给我一点温暖吧，山对太阳说。

再给我一朵云，再给我一把相思吧，空气对山冈说。

我们互相依偎取暖，究竟，冷也冷到顶点，高也高到极限了。

二月——立春

春气始至，下弦月是十一日的七时一分。

"如果月光开始温柔照耀的时候，请告诉我。"地底的青虫对着荷叶上的绿蛙说。

"我忙得很呢！我还要告诉茄子、白芋、西瓜、瓮菜、肉豆、荇菜，它们发芽的时间到了。"蛙说。

"那么谁来告诉我春天到来了呢？"青虫说。

"你可以静听远方的雷声，或是侍女们踏青的脚步声呀！"蛙说。

青虫遂伏耳静听，先听见的竟是抽芽的青草血液流动的声音。

三月——惊蛰

"雷鸣动，蛰虫皆震起而出，故名惊蛰。"

我们可以等待春天的第一声雷，到草原去，以为那是地震的蛰虫都沙沙地奔跑，奔走相告：雷在春天，不知道为什么这一次打到地底来了。蚱蜢都笑起来，其实年年雷都震动地底，只是蛰虫生命短暂，不知道去年的事吧！

在童年遥远的记忆中，春天我们喜欢到草原去钓蛰虫，一株草伸入洞里，蛰虫就紧紧咬住，有如咬住春天。

童年老树下的回忆，在三月里想起来，特别有春阳一般的温馨。

四月——清明

"时万物洁显而清明，盖时当气清景明，万物皆显，因此得名。"

这一次让我们去看四月里温柔的草原与和煦的白云吧！因为如果过了四月的草之绿与云之白，今年就再也没有什么景色可以领略了。

但是，别忘了出发前让心轻轻地沉静下来，用一种清明的心情去观照天空与花树的对话。

我走出去，感觉被风包围，我对着一朵含苞的小黄花说："亲爱的，四月的时候不要睡着了。"

五月——小满

天空突然下起雨来，对于天上的雨我们没有拒绝的权利，我们总是默默地接受。

站在屋檐下避雨，我想着：为什么初夏的雨总没来由地下着。这时，竟有一些美丽的心情，好像心里也被雨湿润了，痴痴地想起，某一年，是这样的五月，也是这样突然的初夏之雨，与一个心爱的人奔过落雨的大街。

冲进屋檐下的骑楼，抬头与一个厢壁的石雕相遇，那石雕今日仍在，一起走过雨路的人，却远了。

五月的雨，总是突然就停了。

阳光笑着，从天上跌落下来。

六月——芒种

"时可种有芒之谷，过此即失效，故曰芒种。"

坐火车飞过田野，偶尔会见到农夫正在田中插秧，点点的嫩绿在风中显得特别温柔，甚至让人忘记了那每一株都有一串汗水。

芒种，是多么美的名字！稻子的背负是芒种，麦穗的承担是芒种，高粱的波浪是芒种，天人菊在野风中盛放是芒种……有时候感觉到那一丝丝落下的阳光，也是芒种。

六月的明亮里，我们能感受到四处流动的光芒。

芒种，是深深把光芒植根，在某些特别的时候，我呼唤着你的名字，就仿佛把光芒种植。

七月——小暑

院里的玫瑰花，从去年落了以后就没有再开。

叶子倒仍然十分青翠，枝干也非常刚强，只是在落雨的黄昏，窗子结满雾气，从雾里看去，就见到了去年那个孤寂的自己。

这一次从海岸回来，意外看到玫瑰花结成的苞，惊喜地感觉自己又寻回年轻时那温婉的心境，这小小的花，小小的暑气，使我感觉到真实的自我。

泡一杯碧螺春，看玫瑰花在暑气里挣扎开放，突然听见从遥远海边带回来的涛声，一波又一波清洗着我心灵的岬角。

八月——立秋

"秋训：禾谷熟也。"

梦里醒来的时候，推窗，发现天上还洒着月光。

仿佛才刚刚睡去，怎么忽然就从梦里醒来了呢？

刚刚确实是做了梦的，我努力回想梦境，所有的情节竟然都隐没了，只剩下一个古老的、优雅的、安静的回廊，回廊里有轻浅的脚步声，好像一声一声地从我的心上踩过。

让我再继续这个梦吧！躺下时我这样许着愿。

我果然又走进那个回廊，脚步声是我自己的，千回百转才走到出口，出口的地方满天红叶，阳光落了一地。

原来是秋天了，我在回廊里轻轻叹口气。

九月——白露

"阴气渐重，凝而为露，故名白露。"

几棵苍郁的树，被云雾和时间洗过，流露出一种沧桑的神色。我站在这山最高的地方往下望，云一波波地从脚下流过，鸟声在背后传来，我好像也懂了站在这里的树的心情——站在最高的地方可以望远，但也要承担高的凄冷，还有那第一波来的白露。

候鸟大概很快就要从这里飞过，到南方的海边去了吧?

这时站在云雾封弥的山上，我闭上眼睛，就像看见南方那明媚的海岸。

十月——霜降

这一次我离开你，大概就不容易再见到你了。

暮色过后，我会有一个真正的离开，就让天空温柔的晚霞做最后的见证，有一天再看见同样美丽的晚霞，不管站在何时何地，我都会想起你来。

霜已经开始降了，风徐徐的，泪轻轻的，为了走出黑暗的悲剧，我只好悄悄离去。

我走的时候，感到夜色好冷，一股凉意自我的心头刺过。

十一月——立冬

"冬者，终也。立冬之时向，万物终成，故名立冬。"

如果要认识青春，就要先认识青春有终结的时候。

为花的开放而欢喜，为花的凋落而感伤，这样，我们永远不能认识流过的时间，是一种自然地呈现。

紫丁香花在园子里盛开的时候，让我们喝春天的乌龙茶吧！

在群花散尽，木棉独自开放的冬日，让我们烘着暖炉，听维瓦尔第，喝咖啡吧！

冬天是多么美，那枝头最后落下的一朵木棉，是绝美！

十二月——冬至

"吃过这碗汤圆，就长一岁了。"冬至的时候，母亲总是这样说。

母亲亲手做的汤圆格外好吃，尤其是在寒冷的冬夜，又和着成长的传说。

吃完汤圆，我们全家就围在一起喝热茶，看腾腾热气在冷的空气中久久不散，茶是父亲泡的，他每天都喝茶。但那一天，他环顾我们说："果然又长大一些。"

那是很多年前冬至的记忆，父亲逝世后，在冬至，我常想起他泡的茶，香味至今仍在齿颊。

黄昏月娘要出来的时候

开车从大汉溪到莺歌的路上，黄昏悄悄来临了。原本澄明碧绿的山景先是被艳红的晚霞染赤，然后在山风里静静地暗淡下来，大汉溪沿岸民房的灯盏一个一个被点亮。

夏天已经到了尾声，初秋的凉风从大汉溪那头绵绵地吹送过来。

我喜欢黄昏的时候，在乡间道路上开车或散步，这时可以把速度放慢，细细品味时空的一些变化。不管是时间还是空间，黄昏都是一个令人警醒的节点。在时间上，黄昏预示了一天的消失，白日在黑暗里隐遁，使我们有了被时间推迫而不能自主的悲感；在空间上，黄昏似乎使我们的空间突然缩小，我们的视野再也不能自由放怀了，那种感觉就像电影里的大远景一下子跳接到特写一般。我们白天不在乎的广大世界，黄昏时成为片段的焦点——

我们会看见橙红的落日、涌起的山岚、斑斓的彩霞、墨绿的山线、飘忽的树影，都有如定格一般。

事实上，黄昏与白天、黑夜之间并没有断绝，日与夜的空间并不因黄昏而有改变，日与夜的时间也没有断落，那么，为什么黄昏会给我们这么特别的感受呢？欢喜的人看见了黄昏的优美，苦痛的人看见了黄昏的凄凉；热恋的人在黄昏下许下誓言，失恋的人则在黄昏时看见了光明绝望的沉落。

就像今天开车路过乡间的黄昏，坐在我车里的朋友都因为疲倦而沉沉睡去了。穿过麻竹防风林的晚风拍打着我的脸颊，我感觉到风的温柔、体贴与优雅。黄昏的风是多么静谧，没有一点声息。突然，一轮巨大明亮的月亮从山头跳跃出来，这一轮月亮的明度与巨大，使我深深地震动，才想起今天是农历六月十八日，六月的明月是一点也不逊于中秋的。我说看见月亮的那一刻使我深深震动，一点也不夸张，因为我心里不觉地浮起两句有一些忧伤的歌词：

若是黄昏月娘要出来的时，

加添阮心内悲哀。

这两句是一首闽南语歌《望你早归》的歌词，记得它的原作曲者杨三郎先生曾经说过他创作这首歌的背景，那时台湾刚刚光复。因为经历了战乱，他想到每一个家庭都有人离散在外。凡有人离散在外，就会有思念，而思念在黄昏夜色将临时最为深沉和悠远，心里自然有更深的悲意，于是他自然地写下了这一首动人的歌，我最爱的正是这两句。

现在时代已经改变了，战乱离散的悲剧不再和从前一样，但是大家还是爱唱这首歌。原因在于，每个人的心灵深处都埋藏着远方的人呀！我觉得在人的情感之中，最动人的不一定是死生相许的誓言，也不一定是情意缠绵的爱恋，而是对远方的人的思念。因为，死生相许的誓言与情意缠绵的爱恋都会破灭、淡化，甚至在人生中完全消失，唯有思念能穿破时间空间的阻隔，永久地在情感的水面上开花，犹如每日黄昏时从山头升起的月亮一样。

远方的思念是情感中特别美丽的一种，可惜这个时代的人已经逐渐失去了这种情感，就好像越来越少人能欣赏晚上的月色、秋天的白云、山间的溪流一般。人们总是想，爱就要轰轰烈烈，要情欲炽盛，要合乎时代的潮流。于是乎，爱的本质就完全地改变了。

思念的情感不是如此，它是心中有情，但眼睛犹能穿透情爱有一个清明的观点。一如太阳在白云之中，有时我们看不见太阳，而大地仍然是非常明亮，太阳是永远存在的。我们所爱的人，不管他是远离、是死亡、是背弃，我们的思念永远不会失去。

佛经里告诉我们生为情有，意思是人因为有情才会投生到这个世界。因此，凡是生活在这个世界的人，必然会有许多情缘的纠缠。这些情缘使我们在爱河中载沉载浮，使我们在爱河中沉醉迷惑，如果我们不能在情爱中维持清明的距离，就会在情与爱的推迫之下，或贪恋、或仇恨、或愚痴、或苦痛、或堕落、或无知地过完一生。

尤其是情侣的失散，几乎是不可避免的必然了。通常，情感失散的时候，我们会愁苦、忧痛，甚至怀恨，但是我们必须认识到：愁苦、忧痛、怀恨都不能挽救或改变失散的事实，反而增添了心里的遗憾。有时我们会感叹，为什么自己没有菩萨那样伟大的情怀，能站在超拔的海面晴空丽日之处，来看人生中波涛汹涌如海的情爱。

其实也没有关系，假如我们不能忘情，我们也可以从情爱中拔起身影，有一个好的面对。这种心灵的拔起，即是以思念之情代替憾恨之念，以思念之情转换悲苦的心。思念虽有悲意，但那样的悲意是清明的，乃是认识了人生的无常、情爱不能永驻之真相后对自我、对人生、对伴侣的一种悲悯之心。

释迦牟尼佛早就看清了人间有免不了的八苦，就是生、老、病、死、爱别离、怨憎会、所求不得、烦恼炽盛。这八苦的来由，归纳起来，就是一个"情"字。有情必然有苦，若能使情成为思念的流水，则苦痛会减轻，爱恨不至于使我们窒息。

我们都是薄地的凡夫，我很喜欢"凡夫"这两个字。凡夫的

"凡"字中间有一颗大心，凡夫之所以永为凡夫，正是多了一颗心，这颗心有如铅锤，蒙蔽了我们自性的清明，拉坠使我们堕落。若能使凡夫之心如黄昏时充满思念的明月，则即使有心，也是无碍了。能以思念之情来转换情爱失落败坏的人，就可以以自己为灯，做自己的皈依处，纵是含悲忍泪，也不会失去自己的光明。

佛陀曾说："情感是由过去的缘分与今世的怜爱所产生的，宛如莲花是由水和泥土这两样东西所孕育。"是的，过去的缘分是水，今生的怜爱是泥土，然后开出情感的莲花。

人的情感如果是莲花，就不应该有任何的染着。假如我们会思念、懂得思念、珍惜思念，我们的思念就会化成情感莲花上清明的露水，在清晨或黄昏，闪着炫目的七彩。

若是黄昏月娘要出来的时，

加添阮心内悲哀。

我轻轻地唱起了《望你早归》这首思念之歌，想象着这流动在山林中的和风，有可能是我们思念的远方的人轻轻的呼吸。在千山万水之外，在千年万岁之后，我们的思念是一枚清楚的戳印，它让我们来到这个世界，不失前世的尘缘；它让我们转入未来的时空，还带着今生的记忆。

引动我们悲意的月亮，如果我们能清明，也会使我们心中的明月在乌云密布的山水之间升起。

我想起两句偈：

心清水现月，意定天无云。

然后我踩下油门，穿过林间的小路，让风吹过，让月光肤触，心中响着夜曲一般小提琴的声音，琴声围绕中还有一盏灯火。我自问：远方的人不知听不听得见这思念的琴声？不知看不看得见这光明的灯盏？

你呢？你听见了吗？你看见了吗？

太阳雨

对太阳雨的第一印象是这样子的。

幼年随母亲到芋田里采芋梗，要拿回家做晚餐。母亲用半月形的小刀把芋梗采下，我蹲在一旁看着，想起芋梗油焖豆瓣酱的美味。

突然被一阵巨大震耳的雷声所惊动，那雷声来自远方的山上。

我站起来，望向雷声的来处，发现天空那头的乌云好似听到了召集令，同时向山头的顶端飞驰集合，密密层层地叠成一堆。雷声继续响着，仿佛战鼓频催，一阵急过一阵。忽然，将军喊了一声："冲呀！"

乌云里哗哗洒下一阵大雨，雨势极大，大到数公里之外就能听见噼啪之声，撒豆成兵一般。我站在田里被这阵雨的气势震慑住了，看着远处的雨幕发呆。因为如此巨大的雷声，如此迅速集结的乌云，如此不可思议的澎湃之雨，我还是第一次看见。

说是"雨幕"一点也不错，那阵雨就像电影散场时拉起来的厚重幕布，整齐地拉成一列，雨水则踏着军人的正步，齐声踩过田原，还呼喊着雄壮威武的口令。

平常我听到打雷声都要哭的，那一天却没有哭，就像第一次被鹅咬到屁股，意外多过惊慌。最神奇的是，雨虽是那样大，离我和母亲的位置不远，而我们站的地方依然阳光普照，母亲也没有要跑的意思。

"妈妈，雨快到了，下很大呢！"

"是西北雨，不要紧，不一定会下到这里。"

母亲的话说完才一瞬间，西北雨就到了，有如机枪掠空，哗啦一声从我们头顶掠过，就在扫过的那一刹那，我的全身已经湿透，那雨滴的巨大也超乎我的想象，炸开来几乎有一个手掌那么大，打在身上，微微发疼。

西北雨淹过我们，继续向前冲去。奇异的是，我们站的地方仍然阳光普照，使落下的雨丝恍如金线，一条一条编织成金黄色的大地，溅起来的水滴像是碎金屑，真是美极了。

母亲还是没有躲雨的意思，事实上空旷的田野也无处可躲。她继续把未采收过的芋梗采收完毕，记得她曾告诉我，如果不把粗的芋梗割下，包覆其中的嫩叶就会壮大得慢，在地里的芋头也长不坚实。

把芋梗用草捆扎起来的时候，母亲对我说："这是西北雨，如果边出太阳边下雨，叫作日头雨，也叫作三八雨。"接着，她解释说："我刚刚以为这阵雨不会下到芋田，没想到看错了，因为日头雨虽然大，却下不广，也下不久。"

我们在田里的对话就像家中一般平常，几乎忘记是站在庞大的雨阵中。母亲大概是看到我愣头愣脑的样子，笑了，说："打在头上会痛吧！"然后顺手割下一片最大的芋叶，让我撑着，芋叶遮不住西北雨，却可以暂时挡住雨打的疼痛。

我们工作快完的时候，西北雨就停了。我随着母亲沿田埂走回家，看到充沛的水在圳沟里奔流，整个旗尾溪都快涨满了，可见这雨虽短暂，却是多么强烈。

太阳依然照着，好像无视刚刚的一场雨。我感觉自己身上的雨水向上快速地蒸发，田地上也像冒着腾腾的白气。觉得空气里有一股甜甜的热，土地上则充满着生机。

"这西北雨是很肥的，对我们的土地是最好的东西。我们种田人，偶尔淋几次西北雨，以后风呀雨呀，就不会轻易让我们感冒。"田埂只容一人通过，母亲回头对我说。

这时，我们走到蕉园附近，高大的父亲从蕉园穿出来，全身也湿透了，"咻！这阵雨真够大！"然后他把我抱起来，摸摸我的光头，说："给雷公惊到了吗？"我摇摇头，父亲高兴地笑了："哈……金刚头，不惊风，不惊雨，不惊日头。"

接着，他把斗笠戴在我头上，我们慢慢地走回家去。

回到家，我身上的衣服都干了。在家院前，我仰头看着刚刚下过太阳雨的田野远处，看到一条圆弧形的彩虹晶亮地横过天际，天空中干净清朗，没有一丝杂质。

每年到了夏天，在台湾南部都有西北雨，午后刚睡好午觉，雷声就会准时响起，有时下在东边，有时下在西边，像是雨和土地的约会。在台北城，夏天的时候如果空气污浊，我就会想："如果来一场西北雨就好了！"西北雨虽然狂烈，却是土地生机的来源，也让我们在雄浑的雨景中，感到人是多么渺小。

我觉得这世界之所以会人欲横流、贪婪无尽，是由于人不能自见渺小，对天地与自然的规则缺少敬畏。大风大雨在某些时刻给我们一种无尽的启发，记得我小时候遇过几次大台风，从家里的木格窗看见父亲种的香蕉成排成排地倒下去，心里忧伤，却也同时感受到大自然无穷的力量，对自然有一种敬畏之情。

台风过后，我们小孩子会相约到旗尾溪看大水。看大水淹没了溪洲，淹到堤防的腰际，上游的牛羊猪鸡，甚至农舍的屋顶，都在溪中浮沉并漂流而去，有时还会看见两人合围的大树，整棵连根流向大海。此时，我们就会默然肃立，不能言语。呀！从山水与生命的远景来看，人是渺小一如蝼蚁的。

我时常忆起那骤下骤停、瞬间阳光普照，或一边下大雨一边出太阳的"太阳雨"。所谓的"三八雨"就是一块田里，一边下着雨，另外一边却不下雨，我有几次站在那雨线中间，让身体的右边接受雨水的冲击，左边接受阳光的照耀。

"三八雨"是人生的一个谜题，使我难以明白，问了母亲，她三言两语就解开了这个谜题。她说："任何事物都有界限，山再高，总有一个顶点；河流再长，总能找到它的起源；人再长寿，也不可能永远活着；雨也是这样，不可能遍天下都下着雨，也不可能永远下着……"

过程固然变化万千，结局也总是不可预测的。我们可能同时接受着雨的打击和阳光的温暖，我们也可能同时接受阳光无情的暴晒与雨水有情的润泽，山水介于有情与无情之间，能适性地、勇敢地举起脚步，我们就不会因自然轻易得感冒。

在苏东坡的词里有一首《水调歌头·快哉亭作》，是我很喜欢的：

落日绣帘卷，亭下水连空。

知君为我，新作窗户湿青红。

长记平山堂上，欹枕江南烟雨，渺渺没孤鸿。

认得醉翁语，山色有无中。

一千顷，都镜净，倒碧峰。

忽然浪起，掀舞一叶白头翁。

堪笑兰台公子，未解庄生天籁，刚道有雌雄。

一点浩然气，千里快哉风。

在人生广大的倒影里，原没有雌雄之别，千顷山河如镜，山色在有无之间，使我想起南方故乡的太阳雨，最爱的是末两句："一点浩然气，千里快哉风！"心里存有浩然之气的人，千里的风都不亦快哉，为他飞舞，为他鼓掌！

这样想来，生命的大风大雨，不都是我们的掌声吗？

夏之秘密

他在海外住了十五年，第一次回台湾，就急着坐火车到中部的一个小镇去。

疾行的火车上，他想起埋藏在心里多年的往事。读大学的时候，他和她一起登山，为了延迟相处的时间，他们改变了登山的道路。

第三天，他们走到了山腰的一个村落，就在村落边搭营。在村民的指示下，他们找到了一处温泉，那温泉是从山壁间流出的，气势喷涌。温泉的下方则是一条清澈的河水，因为到温泉之地绕弯而塑造了一个小小的湖，湖水冰凉，和温泉的热形成强烈的对比。那热的泉与冷的湖都隐在峭壁的一个角落。

因为那绝美的构成，他们便不再登山了，在小村落边居住下来，每天裸着身子到湖里游泳，并享受温泉的热度，仿佛是一对赤子，一直到食粮全部用尽，才回到了尘嚣的学校。

毕业后，他们申请了不同的学校，天遥地隔，就那样分开了。但不管走到哪里，那一年夏天温泉的湖畔，总是记忆中永不褪色的一幕。

他终于沿着小山路找到过去的小村落，那个村落已经成为小镇了，问起温泉，年轻的孩子竟没有人知道，后来一个老人告诉他："温泉？那是十几年前的事了。有一次山崩，温泉就不再涌出了。至于那条河嘛，早已经干枯了。"

他仍然不死心，回到温泉之地，果然找不到温泉了，河上的卵石正无助地暴晒在干涸的河床上。

那一年夏天，他的秘密，热的温泉，冷的湖水，他把这些轻轻地折叠起来，放在心中的一角。他知道，那一段往事，连天地都不能见证了。

小满

她约他在木栅考试院里那一小片他们惯常相见的草地会面，他一如往常，比约定的时间早到了一点。

他站在绿色的草地上，看天空里飘满雾一般的雨尘，微风一动，整片雨就飘舞流动起来；他的心也像雨，在风里浮动着。

小草在雨里，有一种嫩绿非凡的颜色，却也怕冷似的，互相依靠着。

她从雨中的长巷走来，撑着花伞，娇艳而带着湿意的憔悴，正像遍地小草里偶然冒出的小黄花。她走到他的面前，轻轻站着，仿佛怕惊动他们往日热烈的爱恋，两人互相对望，竟说不出一句话。

不知站了多久，他们脸上、眼上都湿了，互相用冰冷的手擦拭着雨水和泪水，她终于用力说出："在以后的日子里，如果我们在各自的道路上，能不时对望一眼，就好了。"然后她背转身，踩着绿草离去。

他静静看她离去的背影，如同看一场无声电影，男主角孤独沉坐在黑暗的角落，女主角走出了画面。接着，他看到被她踩过的小小青草，一步一片地，迅速倒下去，然后慢慢地，努力地摇摆半天才抬起头来。在雨里，那被踩倒又站起的小草，看不出是欢喜或者悲辛。

默默走回家，他才发现自己全身已经湿透，知道了再温柔平和宁静的落雨，也有把人浸透的威力。他坐在书桌前，打开日记，想写下当日的心情。当他写下"天气阴冷"的时候，却瞥见二十四节气那一栏是小满，这样标注着：

> 今天是小满，
>
> 初五天，苦菜开花；
>
> 次五天，蘼草枯死；
>
> 后五天，麦子逐渐成熟了。

苦菜、蘼草、麦子之间，开花、枯死、成熟之间，相识、爱恋、离别之间，到底有什么关系呢？为什么麦子总在蘼草枯死以后成熟？又为什么苦菜开花之后蘼草必要枯死呢？正想的时候，他打起了淋过雨回家以后第一个深深的、长长的寒战。

白露以后

白露以后，炙热的夏季阳光就要接近尾声了。

白露以后，农人们就要开始忙着收割秋天的稻子了。

白露以后，风景开始变化，从翠绿变为灿烂的秋色了。

白露，指的是九月七日或八日或九日，是农家一个重要的节气。

在台湾的四季中，最让人喜爱的也是白露这段时间。因为它还残留着夏季的温暖，而天气变得清爽，天仿佛更高更蓝，云也变得更白，有一种透明的气味。

有一天，我路过华江桥下的菜园，抬头看着围绕台北盆地的山和云，发现过去被污染成灰蒙暗淡的天色，不知道为何有一股透明的清气。于是，我问田里的菜农，菜农微笑着说："今天是白露呢！脏脏的空气到了白露就逐渐下沉了。"那一次我最能感受到白露的可爱，就像昔时在农家知道稻子长到可以收割时的心情。

白露是一个象征成熟的节气，传统中国人所说的"春耕、夏耘、秋收、冬藏"，白露以后便是秋收时节，人们辛苦劳作到这时已经有一个段落，能清楚地感受到收获的喜悦，并且能在心底对过去的一年有个谱，如果收成好，在中秋时分便能安心地团圆赏月了。

这种对季节的敏锐感应，不只作物才有，也不只是历经数千年农业生产的人们才有，一般的鸟兽也能体会得到。就在白露时分，会有许许多多候鸟从北方往南方飞。因为这时，北方已经是酿雪的天气，很快就要冬寒了，候鸟们开始向南迁徙，以躲避雪地的寒冷。像雁子、灰面鹫、红尾伯劳鸟，就成群结伴地离开家园，到热带的南方避寒。

每年白露以后到台湾来的候鸟，最多的两种就是灰面鹫和红尾伯劳，它们通常会在台湾最南的屏东落脚，然后继续南飞的旅程。

在文明之地，候鸟对气候的敏感是受人们尊重的。因为过境的候鸟就如同离家千里的游子，它们的生命是脆弱而无可依恃的，它们为了生命的传续而万里飞翔，不只是一种习惯，也是生存的必然。因此，自命为"文明"的人，通常不忍加以杀害——在迁徙的过程中任意宰杀候鸟，乃是最不道德、最不文明的行为。

可是，就在台湾，捕杀南飞的候鸟已经成了一种习惯。就像宰杀家养的禽畜一样，数十年来，不知道有多少候鸟成为烤架上的祭品被人吃进腹中，甚至有许多人到白露以后就以杀害候鸟出售为副业了。杀害候鸟，几乎是这个世界上最不要本钱的生意。只要在山区或荒郊设下林立的陷阱，每天就能捕到数十只、数百只红尾伯劳鸟，然后在街边摆一个摊子，挂上"烤伯劳鸟"的招牌，财源就滚滚而来，不必付出丝毫心血。

我觉得做这种不要本钱的生意，和偷窃没有两样，而且是公然偷窃。不同的是，一般的小偷，偷的是属于别人的财物；杀害候鸟的人，偷的是大地的财物，偷的是大地的生气和大地的美，这种毫不顾及自然力的行为才是最可耻的。

多年前，我曾到屏东的枫港旅行，在车站门前就有几十家专售烤伯劳鸟的摊子一字排开。烤成的伯劳鸟比野鸽子的体积稍小，一只的售价是四十元，家家生意兴隆，甚至有许多酷嗜野味的食客从远地开车来吃烤伯劳鸟。这几年，保护野生动物成为舆论的热门话题，我以为卖鸟的摊子一定减少了，可是去年到枫港，摊子不但没有减少，反而有增加的趋势。

最不可思议的是，一只伯劳鸟的价钱已经涨到一百元了，我询问小贩："为什么卖那样高的价钱？"

小贩理直气壮地说："现在伯劳鸟的数量已经没有以前多了。而且那些写文章的人乱写，连警察都要来取缔，捕伯劳鸟的踏仔 ①

---

① 指鸟踏仔，一种捕鸟的工具。——编者注

也常被破坏，生活是愈来愈难过了。"我听了不禁哑然，这些卖伯劳鸟的小贩为了小利，难道有权动辄杀害上千上万的生灵吗？

本来，白露的节气是多么美丽，可是由于伯劳鸟悲惨的台湾旅途，我觉得白露染上了血腥气息，一点也不美丽了。我认为如果不立法保护候鸟，这个问题是永远不能解决的。前几天看到报纸上刊登一位地方官员到枫港视察，应邀吃了烤伯劳鸟，还盛赞伯劳鸟的美味，政府官员如此，我们对候鸟保护的前景更感到无限悲观。

有时候我异想天开地想着，多么希望候鸟改道飞行，我想告诉它们："这里不是你的家，你的家乡没有鸟踏仔。"

在国外旅行的时候，我最欣羡那些满地悠闲散步、飞翔、永远有人喂食的鸽子，那些鸽子往往成为广场上最美的风景。曾经有一位外国朋友问我："难道你家乡的广场上没有鸽子吗？"我不敢告诉他，我们台湾根本没有什么鸽子，如果有鸽子，也早就被抓去进补了。

这就是我们的文明，随便吃掉自然的文明，连和平鸽都要被吃掉做进补的文明，在这种文明中，白露时分再美，又有什么用呢？

以夕阳落款

开车走麦帅二桥，要下桥的时候，突然看到西边天最远的地方，有一轮紫红色的、饱满而圆润的夕阳。

那夕阳美得出乎我的意料，紫红中有一种温柔震慑了我的心，饱满而圆润，形成一种张力，温暖了我连日来被误解的灰暗。

我突然感到舍不得，舍不得夕阳沉落。

我没有如平时一样，在下桥的第三个红绿灯左转，而是直直地向西边的太阳开去。

我一边踩着油门，一边在心里赞美这城市里少见的秋日的夕阳之美，同时也为夕阳沉落的速度感到可惊。

仿若拿着滚轮滚下最陡的斜坡，连轮轴都没看清，滚轮已落在山脚。夕阳亦是如此，刚刚在桥上时还高挂在大楼顶上的红色圆盘，一坠一坠，迅即落入路的尽头。

就在夕阳落下不见的一刹那，城市立即蒙上了一片灰色的暗影。我的心也像石头坠入湖心一般，石已不见，一波一波的涟漪却泛了起来。

我猛然地感受到两个可怕的想法：我每天都在同一时间走同一条路到学校接孩子放学，为什么三个月来都没有看见美丽的夕阳？如果我曾看见夕阳，为什么三个月来完全没有感觉？

这两个想法使我忍不住悲哀。在前面的三个月，我就像一棵树，为了抵挡生命中突来的狂风暴雨，以免树下的几棵小树受伤，竟日在风雨中摇来摇去，根本没有时间抬头看看蔚蓝的天空，更不用说一天只是短暂露脸的夕阳了。

我为自己感到悲伤，但更悲伤的是，想到这城市里，即使没有风雨，也很少有人能真心欣赏这美丽的夕阳吧！

每到黄昏时开车去接孩子，我都会打开收音机以排遣塞车的无聊，才渐渐发现，黄昏时刻几乎所有的电台都是论说的节目。抒情的、感性的节目，在下午四点以后就全部沦亡了。

论说的节目几乎无可避免地有一个共同的调子，那就是批评，永不停止地批评。

我常常会想：在黄昏的时候，一天的工作已经结束，心情应该处在一种欢喜与柔美的状态，沉浸于优美的音乐中。然而，几乎所有的节目都在论说，永不停止地议论，是不是象征着整个城市在黄昏时，美好的感觉也都沦亡了呢？

　　想要换个电台、换一种感觉，转来转去却转不出忧伤的心。最后，只好又转回我最喜欢的台北爱乐，一边听着优美的古典音乐，一边想着：如果在黄昏时刻禁止论说，只准听音乐、喝茶、看夕阳沉思，将是对这个城市的人最严重的惩罚吧！

　　那美丽的紫红夕阳，使我想起水墨画左下角的落款的印章。

　　如果我们的每一天是一幅画，应该尽心地着墨，尽情地上彩，尽力地美丽动人，这样，在落款钤印的时候，才不会感到遗憾。对一幅画而言，论说是容易的，抒情是困难的；涂鸦是容易的，留白是困难的；签名是容易的，盖章是困难的。

　　但是，这个城市还有人在画水墨画吗？还有人在每天黄昏用庄严的心情为一幅水墨画落款吗？

　　看到夕阳完全沉落，我怅然地回转车子，橘子黄的光晕还余韵犹存地照在车上，惨白的街灯则已点燃，逐渐在黑幕里明晰。

　　我为自己的今天盖下一个美丽的落款封印，并疼惜从前那些囿于世俗的、沦于形式的、僵于论说的、在无知与无意间流逝的时光。

夏日小春

山樱桃

夏日虽然闷热，但在温差较大的南台湾，还有凉爽的早晨、有风的黄昏、宁静的深夜，感觉就像是小小的春天。

清晨的时候沿山径散步，看到经过一夜清凉的睡眠，又被露珠做了晨浴的各种小花都醒过来微笑，感觉到那很像自己清晨无忧恼的心情。偶尔看见变种的野茉莉和牵牛花开出几朵彩色的花，仿佛自己的胸腔被写满诗句，随呼吸在草地上落了一地。

黄昏时分，我常带孩子去摘果子。在古山顶有一种叫作"山樱桃"的树，春天开满白花，夏日结满红艳的果子，大小和颜色都与樱桃一般，滋味如蜜，还胜过樱桃。

这些山樱桃树从日据时代就有了，我们不知道它的中文名字，甚至没有闽南语。我们从小都叫它"莎古蓝波"，是我最爱吃的野果子，它在甜蜜中还有微微的芳香，相信是做果酱的极好材料。虽然盛产时的山樱桃，每隔三天就可以采到一篮，但我从未做过果酱，因为"生吃都不够，哪儿有可以晒干的"。

当我在黄昏对几个孩子说"我们去采莎古蓝波"的时候，大家立刻感受到一种欢愉的情绪，好像莎古蓝波这几个字的节奏有什么魔法一样。

我们一边玩游戏一边采食山樱桃，吃到不想吃的时候，就把新采的山樱桃放在胭脂树或姑婆芋的叶子里包回家，打开来请妈妈吃。她看到绿叶里有嫩黄、粉红、橙红、艳红的山樱桃果子，欢喜地说："真是美得不知道怎么来吃呢。"

她总是浅尝几粒，就拿去冰镇。

夜里天气凉下来了，我们全家人就吃着冰镇的山樱桃，每一口都十分甜蜜，电视里还在演《戏说乾隆》，哥哥的小孩突然开口："就是皇帝也吃不到这么好的莎古蓝波呀。"

大家都笑了，我想，很单纯，也可以有很深刻的幸福。

青莲雾

很单纯，也可以有很深刻的幸福。当我们走在去采青莲雾的小路上，想到童年吃青莲雾的滋味，我就有这样的心情。

青莲雾种在小镇中学的围墙旁边，相信这莲雾的品种已经很少见了。当我听说中学附近有青莲雾没人要吃、落了满地的时候，就兴冲冲地带着三个孩子，穿过蕉园小径到中学去。

果然，整个围墙的外面落了满地的青莲雾，莲雾树种在校园内，校门因为放暑假被锁住了。

我们敲了半天门，一个老工友来开门，问我们："来干什么？"

我说："我们想来采青莲雾，不知道可不可以？"

他露出一种兴奋的、难以置信的表情打量我们，然后开怀地笑说："行呀！行呀！"他告诉我，这一整排青莲雾，因为滋味酸涩，连初中生都没有一点采摘的兴趣。他说："回去，用一点盐、一点糖腌渍起来，是很好吃的。"

我们爬上莲雾树，老校工在树下比我们兴奋，一直说："这边比较多。""那里有几个好大。"看他兴奋的样子，我想大概好多年都没有人来采这些莲雾了。

采了大约二十斤的莲雾，回家还是黄昏，沿路咀嚼青莲雾，虽然酸涩，却有很强烈的莲雾特有的香气。想起我读小学时曾为了采青莲雾，从两层楼高的树上跌下来，那时觉得青莲雾又甜又香，真是好吃。

经过三十年的改良，我们吃的莲雾从青莲雾到红莲雾，再到黑珍珠，甜度不高的青莲雾就被淘汰了。

为什么我也觉得青莲雾没有以前好吃呢？原因可能是嘴刁了，水果不断改良的结果，我们的野心欲望增强，不能习惯原始的水果（土生的番石榴、杧果、阳桃、桃李不都是相同的命运吗？）。另一个原因是在记忆河流的彼端，经过美化，连从前的酸莲雾也变甜了。

家里的人也都不喜欢吃青莲雾，我想了一个方法，把它放在果汁机里打成莲雾汁，加很多很多糖，直到酸涩完全隐没为止。

青莲雾汁是翠玉的颜色，我也是第一次喝到，加糖、冰镇，在汗流浃背的夏日，喝到的人都说："真好喝呀，再来一杯。"

夜里，我站在屋檐下乘凉，想到童年、青少年时代，其实有许多事都像青莲雾一样酸涩，只是面目逐渐模糊，像被打成果汁，因为不断地加糖，那酸涩隐去，然后我们喝的时候就自言自语地说："真好喝呀，再来一杯。"

只是偶尔思及心灵深处那最创痛的部分，有如被人以刀刺入内心，疤痕鲜明如昔，心痛也那么清晰。"可能我加的糖还不够多吧。下次再多加一匙，看看怎么样？"我这样想。

回忆虽然可以加糖，感受的颜色却不改变，记忆的实相也不会翻转。

就像涉水过河的人，在到达彼岸的时候，此岸的经验与河面的汹涌仍然历历在心头。

野木瓜

姐姐每天回家的时候，都会顺手带几个木瓜来。

原因是她的住处附近正好有亲戚的木瓜田，大部分已经在树上熟透了，落了满地，她路过时觉得可惜，每次总是摘几个。

"为什么他们都不肯摘呢？"我问。

"因为连请人采收都不够工钱，只好让它烂掉了。"

"木瓜不是一斤二十五块吗？台北有时卖到三十块。"我说。

在一旁的哥哥说："那是卖到台北的价钱，在产地卖给收购的人，一斤三五块就不错了。"哥哥在乡下职校教书，白天教的学生都是农民子弟，夜里教的是农民，对农业有很独到的了解。

"正好今天我的一位同学问我：'你认为世界上最可怜的人是什么人？'我毫不考虑地说：'是农民。'"

"农民为什么最可怜呢？"哥哥继续发表高见，"因为农作物最好的时候，他们赚的不过多一两块；农作物最差的时候，却凄惨落魄，有时不但赚不到一毛钱，还会赔得倾家荡产。农会呢？大卖小卖的商人呢？好的时候赚死了，坏的时候双脚缩起来，一毛钱也赔不到。"

问哥哥"世界上最可怜的人是什么人？"的那位先生正好是老师兼农民，今年种三甲地的杧果，采收以后结算，一共赚了三千块，一甲地才赚一千，为此，他到处诉苦。

哥哥说："一甲地赚一千已经不错，在台湾做农民如果不赔钱，就应该谢天谢地拜祖先了呀。"

不采摘的木瓜很快就会腐烂，多么可惜。也是黄昏时分，我带孩子去采木瓜，想把最熟的做木瓜牛奶，正好熟的切片，青木瓜拿来泡茶。

采木瓜给我带来心情的矛盾，当青菜水果很便宜，多到没人要的时候，虽然我们可以用很少的钱买很多，但往往这时候，也表示我们的农民处在生活黑暗的深渊，使生长在农家的我忍不住有一种悲情。

正这样想着，孩子突然对我说："爸爸，你觉不觉得住在旗山很好？"

"怎么说？"

"因为那里木瓜、杧果、莲雾、山樱桃都是免费的呀。"孩子的这句话有如撞钟，使我的心嗡嗡作响。

夜里，把青木瓜头切开，去籽，塞入上好的冻顶乌龙茶，冲了茶，倒出来，乌龙茶中有木瓜的甜味与芳香。这是在乡下新学会的泡茶法，听说可以治百病，百病不知能不能治，但今天黄昏时的热恼倒是治好了。

生命中虽有许多苦难，我们也要学会好好活在眼前。止息热恼的心，不做无谓的心灵投射，喝木瓜茶，我觉得茶也很好，木瓜也很好。

燠热的夏日其实也很好，每一朵紫茉莉开放时，都有夏天夕阳的芳香。

菅芒花季节

　　朋友相邀一起到阳明山，说是阳明山上的菅芒花开得很美，再不去看，很快就要谢落了！

　　我们沿着山道上山去，果然在道旁、山坡，甚至更远的山岭上，菅芒花正在盛开。因为才开不久，新抽出的菅芒花是淡紫色的，全开的菅芒花则是一片银白，相间成紫与白的世界，与时而流过的云雾相映，感觉就像迷离的梦境一样。

　　我想到像菅芒花这样粗贱的植物，竟吸引了许多人远道赶来欣赏，视之如至宝一样，就思及万物的评价并没有一定的标准。

　　我说菅芒花粗贱，并没有轻视之意，而是因为它生长力强，落地生根，无处不在，从前在乡下的农夫去之唯恐不及。

　　就像我现在，住在台北的十五楼阳台上，也不知种子是随风飘来，还是小鸟沾之而来，竟也长了十几丛，最近都开花了。有几株是依靠排水沟微薄的泥土吸取养分，还有几株甚至完全没有泥土，是扎根在水管与水泥的接缝，只依靠水管渗出的水生长。菅芒花的生命力可想而知。

再说，像菅芒花这种植物，几乎是一无是处的，简直到了百无一用的地步，在干枯的季节，甚至时常成为火烧山的祸首。

我努力地思索从前菅芒花在农村的作用，只想到三个：一是编扫把，我们从前时常在秋末到山上割菅芒花回家，将菅芒花的种子和花摇落，捆扎起来做扫把；二是农家的草房，以芒草盖顶，可以冬暖夏凉；三是在春夏未开花时，芒草较嫩，可作为牛羊的食料。

但这也是不得已的好处，因为如果有竹扫把，就不用菅芒花，因为菅芒花易断落；如果有稻草盖屋顶，就不用芒草，因为芒草太疏松，又不坚韧；如果有更好的草，就不以芒草喂牛羊，因为芒草边有刺毛，会伤舌头。

在实用上是如此，至于美呢？从前很少人觉得菅芒花美，早期的台湾绘画或摄影，很少以菅芒花入图像，近几年才有艺术家用菅芒花做素材。

从美的角度来看，单独或两三株菅芒花是没有什么美感的，但是如果一大片的菅芒花就不同了，那种感觉就像海浪一样，每当风来，一波一波地往前推进，使我们的心情为之荡漾，真是美极了。因此，菅芒花的美，美在广大、美在开阔、美在流动，也美在自由。

或者我们可以如是说：凡广大的、凡开阔的、凡流动的、凡自由的，即使是平凡粗贱的事物，也都会展现非凡的美。

例如天空，美在广大；平原，美在开阔；河川，美在流动；风云，美在自由。

我幼年曾有一次这样的经验，那时应该是秋天吧！我沿着六龟的荖浓溪往上游步行，走呀走，突然走到山腰的一片平坦的坡地。我坐在坡地上休息，抬头看到蓝天蓝得近乎纯净透明，河水在脚边奔流，风云在秋风中奔驰变化，而我整个被开满的菅芒花包围了，感觉到整座山、整个天空、整个世界都在菅芒花的摇动中，随之律动。

当时的我仿佛是醉了一样，第一次感受到菅芒花是那样美，从此，我看菅芒花就有了不同的心情。长大以后看菅芒花，总不自禁地想起乐府诗句："天苍苍，野茫茫，风吹草低见牛羊。"

是的，菅芒花之于大地，犹如白发之于盛年，它展现的虽然是大地之美，其中隐隐地带着悲情，特别是在艳红的夕阳的衬托下，菅芒花有着金黄的光华。其实菅芒花的开谢是非常短暂的，它像一阵风来，吹白山头，随即隐没于无声的冬季。

生命对于华年，是一种无常的展露；菅芒花处山林之间，则是一场无常的演出。

某年某月的某一天，我们曾与某人站立于菅芒花遍野的山岭，有过某种指天的誓言。往往在下山的时候，一阵风来，菅芒花就与誓言同时凋落。某些生命的誓言或许不是消失，只是随风四散，不能捕捉，难以回到那最初的起点。

我们这漂泊无止的生命呀！竟如同驰车转动在两岸的芒草之中，美是美的，却有着秋天的气息。

在欣赏菅芒花的那一刻，感觉到应该更加珍惜人生的每一刻，应该更多体验那些看似微贱的琐事，因为"志士惜年，贤人惜日，圣人惜时"，每一寸时光都有开谢，只要珍惜，纵使在菅芒花盛开的季节，也能见出美来。

从阳明山下来已是黄昏了，我对朋友说："我们停下来，看看晚霞之下的菅芒花吧！"

那时，小时候在荖浓溪的感觉又横越时空回到眼前。小时候看菅芒花的那个我，我还记得正是自己无误，可是除了感受极真，竟无法确定是自己。岁月如流，流过我，流过菅芒花，流过那些曾留下以及不可确知的感觉。

"今年，有空还要来看菅芒花。"我说。

如果你说，在台湾秋天可以送什么礼物，我想，有空和朋友去看菅芒花吧！"岭上多菅芒花，不只自愉悦，也堪持赠君"。

某年某月的某一天，一起看过菅芒花的人，你还安在吗？有空去看看菅芒花吧！那些坚强的誓言，正还魂似的，飘落在整个山坡。

清风匝地，有声

在日本神户港，我们把汽车开进"英鹤丸"渡轮的舱底，然后登上最顶层的甲板看濑户内海。

这一次，我从神户坐渡轮到四国，听说四国有优美而绵长的海岸线，还有几处国家公园。四国是日本四大岛中最小的一个岛，并且偏处南方，所以是外籍观光客较少去的地方，尤其是九月以后，天气寒凉，枫叶未红，游人就更少了。

从前去四国一定要乘渡轮。自从几条横跨濑户内海的长桥建成后，坐渡轮的人就少了。有很多人到四国不是去看海、看风景的，只是为了过桥。"鸣门大桥"是颇有历史的，而新近落成的"濑户大桥"则是宏伟气派，长达十公里，听说所用的钢筋围起来可以绕地球一圈半。许多人从四国来回，只为了看濑户大桥粗大的水泥与钢筋。于我而言，要过海，坐渡轮总是更有情味，人生里如果可以选择从容的心情，为什么不让自己从容一些呢？

"英鹤丸"里是出乎想象地冷清，零落的游客横躺在长椅上睡觉。我在贩卖部买了一杯热咖啡，一边喝咖啡，一边倚在白色栏杆上看濑户内海。濑户内海果然与预想中一样美，海水澄蓝如碧，天空秋高无云，围绕着内海的青山，全是透明的绿。这海山与天空的一尘不染，就好像日本传统的茶室，从瓶花到桌椅摸不出一丝尘埃。

在我眼前的就是濑户内海了，我轻轻地叹息着。

我这一次到日本来，好好看看濑户内海是重要的行程，原因说来可笑，我在日本的书籍里读到了一则中国禅师与日本禅师的故事。

故事大意是这样的：有一位中国禅师到日本拜访了一位日本禅师，两人一起乘船过濑户内海，那位日本禅师曾到过中国学禅，亲近过中国山水。

在船上，日本禅师说："你看，这日本的海水是多么清澈，山景是多么翠绿呀！看到如此清明的山水，使人想起山中那长在清水里的美丽的山葵花呀！"言下有为日本的山水感到自负的意味。

中国禅师笑了，说："日本海的水果然清澈，山景也美。可惜，这水如果再混浊一点就更好了。"

日本禅师听了非常惊异，说："为什么呢？"

"水如果混浊一点，山就显得更美了。像这么清澈的水只能长出山葵花，如果混浊一点，就能长出最美丽的白莲花了。"中国禅师平静地说。

日本禅师为之哑口无言。

这是禅师与禅师间机锋的对句，显然是中国禅师占了上风，但我在日本书上看过这则故事后，却沉思了很久。此中颇能看出日本人谦抑的态度，也恐怕是这种态度，才使千百年来，濑户内海能保持干净，不曾受到污染。反过来说，中国人因为自许污水里能开出莲花，所以恣情纵意，把水弄脏了也毫不在意。

不仅是濑户内海吧，在我的童年时代，家乡有几家茶室，都是色情污秽之地，空间窄小，灯光暗淡，空气里飘浮着酸气、腐臭与霉味，地上都是痰渍。因为我有一位要好的同学是茶室老板的儿子，不免常常要出入。每次我都捂着鼻子走进去，走出来时第一件事则是深呼吸。当时颇为成年男子可以在那么浊劣的地方盘桓终日而疑惑不已，当然也更同情那些卖笑的"茶店仔查某（茶室女人）"了。

有一次，同学的父亲告诉我，茶室原是由日本传来，从前中国台湾是没有茶室的。我听了就把乡下茶室的印象当成日本茶室的印象，心想日本这个民族真怪，怎么喜欢在下流的茶室里不喝茶，却饮酒作乐呢？直到第一次去日本，又到几家传统茶室喝茶。那次简直把我吓坏了，因为日本茶室都是窗明几净、风格明亮，连园子里的花草都长在它应该长的地方。别说是色情了，人走进那么干净的茶室，几乎一丝不净的念头都不会生起，口里更不敢说一句粗俗的话，唯恐染污了茶盘。怪不得日本茶道史上，所有伟大的茶师都是禅师！

同样是"茶室"，日本与中国台湾却有截然不同的风貌，对照了日本禅师与中国禅师的故事就愈发令人感慨。由小见大，山水其实就是人心，要了解一个地方的人的性格，只要看那地方的山水就了然了。山且不论，看看台湾的水，从小溪、大河到湖泊、沿海，无不是鱼虾死灭、垃圾漂流、污油朵朵、浮尸片片。我每次走过我们土地上的水域，就在里面看到了人心的污渍，想在这样脏的水中开出一朵白莲花，简直不可思议。这需要多么大的勇气！多么大的坚持！多么大的自我清净的力量！

我坐在濑户内海的渡轮上，看到船后一长条纯白的波浪，仿佛回到了中国禅师与日本禅师在船上对话的场景。在污泥秽地中坚持自我品质的高洁是禅者的风格，可是使污秽转成清明则是菩萨的胸怀。要拯救台湾的山水，一定要从台湾的人心救起。要知道，长出莲花的地虽然污秽，水却是很干净的。

记得从前我当记者的时候，曾为了一个噪声与污染事件去访问一家工厂的负责人。他的工厂被民众包围，逼迫停工，他却因坚持而与民众对峙。他闭起眼睛，十分陶醉地对我说："你听听，这工厂机器的转动声，我听起来就像音乐那么美妙，为什么他们不能忍受呢？"我听到他的话忍不住笑起来。他用一种很怀疑的眼神看着我，眼神里好像在说："连你也不能欣赏这种音乐吗？"那个眼神我到现在还记得。

确实如此，在守财奴的眼中，钞票乃是人间最美丽的绘画呢！

听过了肆无忌惮的商人的音乐，我们再回到日本的茶室。日本茶道名人绍鸥曾经说过一句动人的话："放茶具的手，要有和爱人分离的心情。"这种心情在茶道里叫作"残心"，就是在行为上绵绵密密。即使简单如放茶具的动作，也要轻巧，有深沉的心思与情感，才算是个懂茶的人。

反过来，一个人和爱人分离的心情，若能如放下名贵茶具的手那么细心，把诀别的痛苦化为祝福的愿望，心中没有丝毫憎恨，留存的只有珍惜与关怀，才是懂得爱情的人。所以茶道不昧流的鼻祖松平不昧说："红叶落下时，会浮在水面；那不落的，反而沉入江底。"

境界高的茶师，并不在于他能品味好茶，而在于他对待喝茶这个动作的态度，即使喝的只是普通粗茶，他也能找到其中的情趣。

境界高的人亦如是，并不在于永远处在顺境，而是不论顺逆，都能用很好的情味去面对，这就是禅师说的"在途中也不离家舍""不风流处也风流"。因此，我们要评断一个人格调或韵致的高低时，要看他失败时的"残心"。有两句禅诗："掬水月在手，弄花香满衣。"最能表达这种残心，每一片有水的叶子都有月亮的映照，同样，人生的每个行为、每个动作都是人格的展现。没有经过残心的升华，一个人就无法有温柔的心，当然，也难以体会和爱人分离的心情是多么澄清、细密、优美，一如秋深叶落的空山了。

从前有一个和尚到农家去诵经，诵经的途中听到了小孩的哭声，转头一看，原来孩子趴在地上，压到了一把饭铲子。地上很脏，孩子的母亲就把他抱起来，顺手把饭铲子放在热腾腾的饭上，洗也不洗。

于是，当孩子的母亲请和尚吃饭时，和尚假称肚子痛，连饭也没吃，就匆匆赶回寺里。过了一个星期，和尚又去农家诵经。诵完经，那母亲端出了一碗热腾腾的甜酒酿。由于天气严寒，和尚一连喝了好几碗，不仅觉得味美，心情也十分高兴。

等喝完了甜酒酿，孩子的母亲出来说："上一次真不好意思，您连饭都没吃就回去了，剩下很多饭，只好用剩饭做成一些甜酒酿。今天看您吃了很多，我实在感到无比安慰。"

和尚听了大有感触，为逃避脏饭铲子，没想到反而吃了七天前的剩饭做成的甜酒酿，因而悟到了"一饮一啄，莫非前定"。我们面对人生里应该承受的事物时，不也是如此吗？饭铲接触过的脏饭与甜酒，表面不同，本质却是一样的。所以，欢喜的心最重要，有欢喜心，则春天时能享受花红草绿，冬天时能欣赏冰雪风霜，晴天时爱晴，雨天时爱雨。

好像一条清澈的溪流，流过了草木清华，也流过石畔落叶。它欢跃如瀑布时，不会被拘束；它平缓如湖泊时，也不会被局限，这就是《金刚经》里最动人心弦的一句"应无所住而生其心"。

我眼前的濑户内海也是如此，我体验了它明朗的山水，知道濑户内海不只是日本人的海，而是眼前的海，是大地之海，超越了名字与国籍。海上吹来的风，呼呼有声，在中国台湾林野里的清风亦如是，吹满大地，有南国的温暖及北地的凉意，匝地，有声。

晋朝有名的女僧妙音法师，写过一首诗：

长风拂秋月，止水共高洁。

八风净如如，何客业萦结。

"八风"是指风从东、南、西、北、东南、东北、西南、西北一起到，分不出是从哪里到。静听，感受清风的吹拂，其中有着禅的对语。在步出"英鹤丸"的时候，我看见长在清水里的山葵花是美丽的，长在污泥里的白莲花也是美丽的。与爱人相会的心情是美丽的，与爱人分离的心情也是美丽的。

只因为我的心是美丽的，如清风一样，匝地，有声。

秋天的心

我喜欢《唐子西语录》中的两句诗:

山僧不解数甲子,一叶落知天下秋。

这是说山上的和尚不知道如何计算甲子日历,只知道观察自然,看到一片树叶落下就知道天下都已经是秋天了。从前读贾岛的诗,有"秋风生渭水,落叶满长安"之句,对秋天萧瑟的景象颇有感触,但说到气派悠闲,就不如"一叶落知天下秋"了。

现代都市人正好相反,可以说是"落叶满天不知秋,世人只会数甲子"。对现代人而言,时间观念只剩下日历,有时日历犹不足以形容,而是只剩下钟表了,谁会去管是什么日子呢?

三百多年前,当汉人到台湾垦殖移民的时候,发现台湾的平埔山胞非但没有日历，甚至没有年岁，不能分辨四时，而是以山上的刺桐花开为一度，过着逍遥自在的生活。初到的汉人想当然地感慨其"文化"落后，逐渐同化了平埔人。到今天，平埔人快要成为历史名词了，他们有了年岁，知道四时，可是平埔人的后裔，有很多已经不知道什么是刺桐花了。

对岁月的感知变化由立体到平面可以如此迅速，宁不令人兴叹？以现代人为例，在农业社会，我们还深刻知道天气、岁时、植物、种作等变化是和人密切结合的，但是，商业形态改变了我们，春天是朝九晚五，冬天也是朝九晚五，晴天和雨天已经没有任何差别了。这虽使人离开了"看天吃饭"的阴影，却也多少让人失去了感时忧国的情怀，以及胸怀天下的襟抱。

记得住在乡下的时候，大厅墙壁上总挂着一册农民历。大人要办事，大至播种耕耘、搬家嫁娶，小至安床沐浴、立券交易都会看农民历。因此，到了年尾，一本农民历差不多翻烂了，这使我从小对农民历书就怀有一种特别亲切的感情。

一直到现在，我还保持着看农民历的习惯，觉得读农民历是快乐的事。就看秋天吧，从立秋、处暑、白露，到秋分、寒露、霜降，都美极了。那清晨田野中白色的露珠，黄昏林园里清黄的落叶，不都是在说秋天吗？所以，虽然时光不再，我们都不应该失去农民那种在自然中安身立命的心情。

城市不是没有秋天，如果我们静下心来观察就会知道，本来从东南方吹来的风,现在转到北方了;早晚气候的寒凉,就如同北地里的霜降;早晨的旭日与黄昏的彩霞,都与春天时大有不同了。变化最大的是天空和云彩,在夏日炎凉的天空,逐渐地加深蓝色的调子,云更高、更白,飘动的时候仿佛带着轻微的风。每天我走到阳台,抬头看天空,知道这是真正的秋天,是童年田园记忆中的那个秋天,是平埔人刺桐花开的那个秋天,也是唐朝山僧在山上见到落叶的那个秋天。

如若能感知天下,能与落叶飞花同呼吸,能保有在自然中谦卑的心情,就是住在最热闹的城市,秋天也永远不会远去。如果眼里只有手表、金钱、工作,即使在路上被落叶击中,也见不到秋天的美。

秋天的美多少带点萧瑟之意,就像宋人吴文英写的词:"何处合成愁。离人心上秋。"一般人认为秋天的心情会有些愁恼肃杀,其实,秋天是禾熟的季节,何尝没有清朗圆满的启示呢?

我也喜欢韦应物一首秋天的诗:

今朝郡斋冷,忽念山中客。

涧底束荆薪,归来煮白石。

欲持一瓢酒,远慰风雨夕。

落叶满空山,何处寻行迹。

　　在这风云滔滔的人世，就是秋天美丽清明的季节，要在空山的落叶中寻找朋友的足迹是多么困难！但是，即使在红砖道上，淹没在人潮车流之中，要找自己的足迹，更是艰辛呀！

季节之韵

　　在这冬与春的交界，有时候感觉不是一季要变为另一季，而是每天就是一季。尤其是天气如此阴晴不定，昨天还冷得彻人，今天就要换上夏衫，以为从此就是好日子了，明天又是一道冷锋，悄悄地从远方袭来，这时候会想起憨山大师的一首禅诗：

　　　　世界光如水月，
　　　　身心皎若琉璃，
　　　　但见冰消涧底，
　　　　不知春上花枝。

　　春上花枝确实是一种"不知"，它仿佛是没有预告的电影，默默地上映，镜头一瞥，就是阳光灿烂，花团锦簇了。

比较长期而固定的剧本，是百货公司打折的招牌。从八折、七折、五折、三折，忽然打到一折了。那打折的不仅是服装，而是一点一点在飘去的冬季。冬季都打到一折了，春天就要从谷底生发出来了。

百货公司的彻底打折，是一种季节的预告，也是一种欲望的牵引。其实我们冬季的衣服已经够穿，而今年再也没有机会穿，却因为打折，满足了我们对明年冬季的一种欲望的期待，许多人因此花很便宜的价钱买下要封存整季（或者更久）的服装。表面上看来，或许今年的冬天不必再添置新装，但到了冬天，我们又会有新的欲望、新的渴求，也因此，打折是永不休止的。

服装的价格与美学，因为打折被混淆了。我们本来应该选择那些精美的服饰，买上少数的几件，却往往因为贪求便宜，买了许多品质不是很好，自己不是很喜欢的东西。由于外在环境的打折，我们对于美的要求也随之打折，心灵也跟着打折了。

其实，对于季节，或者心灵的创发，我们应该有一种决然的态度。也就是把全部的精力投注于某一个焦点，以生命来融入，既不留意去年冬季的残雪，也不对今年的冬天做过度的期待。现在既然是春天了，与其逛街闲置冬装，不如脱下重装，体验一下春天的自由与阳光。因为去年的冬天已不可追回，今年的冬季还寄放在无何有之乡。

有一个禅的故事可以说明这样的心情：

一粒榕树的种子偶然落在地里，它对自己生命的未来感到迷惑。抬起头来看见一棵百年的榕树——它的母亲正昂然站立在蓝天的背景上。

种子说："妈妈，你怎么能如此伟大地站立在大地之上呢？"

榕树说："这不是伟大，只是一种自然的生长呀！我们在季节中长大，吸收雨露阳光，甚至接受狂风与闪电的考验。每一粒榕树的种子，只要健康就会长大。你也一样呀，孩子！"

种子说："可是，妈妈，为什么我一直都住在如此阴暗潮湿的土地上呢？我要如何才能像您一样挺立呢？"

"首先，我的孩子，你必须要消失，把自己融入泥土里，然后发芽，变成一棵树。有一天你就能像我一样，享受蓝天、阳光与和风呀！"

"妈妈，我要先消失，这多么可怕呀！万一我消失融入泥土，没有长成一棵树，而变成了一点泥土呢？这样太冒险了，还是让我保留一半是种子，一半长成树木吧！"

于是，种子自己做了这样的主张，只选择了一半的消失，妈妈长叹一声。不久，那榕树的种子变成泥土，完全地消失了。

生命的成长、季节的成长也是这样决然的。一个人如果没有全身心投入于此刻的融入，真实的发芽就变成不可能。放下一半的自我，不会是全然的自我。一株花如果不用全心来凋谢，就没有足够的养分长出树叶；一粒种子如果不全心地来消失，就不会从内在的最深处长出芽来。

因此，我们的生命不能打折！

大慧宗杲禅师也有一首优美的诗来说这种心情：

> 桶底脱时大地阔，
>
> 命根断处碧潭清。
>
> 好将一点红炉雪，
>
> 散作人间照夜灯。

季节里年年都有冬季，人生中不也是常常面对着寒冷的冬季吗？泉自冷时冷起，峰从飞处飞来。在那无限的轮替之中，有没有一个洞然明白的观照呢？

人间照夜的灯火，来自红炉中雪融的时刻。让我们以一种泰然欣赏的态度走过打折的市场，让我们知道生命的真实之道是如实知见自己的心，没有折扣！

人间有情长

生命的酸甜苦辣

朋友请我吃饭，餐桌上有一道菜是生炒苦瓜，一道是糖醋豆腐，一道是辣椒炒干丝。我看了之后不禁莞尔，说："今天酸甜苦辣都到齐了。"朋友仔细看看桌上的菜，不禁拍案大笑。

这使我想到，即使是植物，也各有各的特性：甘蔗是头尾皆甜，柠檬则里外是酸，苦瓜是连根都苦，辣椒则中边全辣。它们的这些特性，经过长时间的藏放也不会失去，即使将它们碎为微尘粉末，其性也不改。还有一些做药材的植物，不管制成汤、膏、丸、散，还是经长久的熬煮，特质都不散灭。

我们生活中的心酸、甜蜜、苦痛、辛辣种种滋味，不亦如植物的特性吗？一旦我们品尝过了，似乎就永不失去。在我们的生命情境中，有很多时候酸甜苦辣是同时放在一桌的，一个人不可能永远挑甜的吃，偶尔吃点苦的、辣的、酸的，有助于我们品味人生。

在酸甜苦辣的生命经验更深刻之处，有没有更真实的本质呢？

若说柠檬以酸为本性，辣椒以辣为本性，甘蔗以甜为本性，苦瓜以苦为本性，那么人的本性又是什么呢？

我们常说"这个人本性不良"或"那个人本性善良"，可是，我们常看到本性不良的人改邪归正，又常见到公认本性良善的人却堕落了。这种本性似乎是"可转""能改变"的，因此，我们语言上所说的"本性"，事实上只是一种"熏习"，是习气的长期熏染而表现在外的，并不是最深刻的自我。

习气是一种莫名其妙的偏执，正如嗜吃辣椒与柠檬的人，说不出是什么原因。但人生的一切烦恼正是由这种偏执产生的。偏执是可矫正的，矫正的方法就是中和。例如，柠檬虽是至酸之物，若与甘蔗汁中和，就变得非常可口。去除习气只有利用中和的方法，人最大的习气不外乎贪、瞋、痴，贪应该以"戒"来中和，瞋应该以"定"来中和，痴应该以"慧"来中和。一个人能时时中和自己的习气，就能坦然地面对生活，不至于被习气所左右。

我国有一个有名的民间传说：相传汉朝有一位姓孟的女子，幼读儒书，长大学佛，普遍得到乡里的敬爱，年老以后被称为"孟婆"。她死后成为幽冥之神，建了一座"酕忘台"，立在阴阳之界投胎的必经之路。孟婆取甘、苦、酸、辛、咸五味做成一种似酒非酒的汤，称为"孟婆汤"，投胎的人喝了这种汤就完全忘记前世，然后走入今生甘苦酸辛咸的旅程。

传说每一个魂魄投胎之前，各种滋味都要尝一点才能投胎，这就是为什么人人都要在一生遍尝五味的缘由。传说又说，有的人甜汤喝多了，日子就过得好些；有的人苦汁喝得多，这一生就惨兮兮。

"孟婆汤"的传说非常有趣，启示我们：既然投生为人，就不可能全是甜头，生命里是有各种滋味的。

甘、苦、酸、辛、咸既是人生的五味，我们就难以只拣甜的来吃，别的滋味也多少会尝一些，如果是不可避免的，就欢喜地吃吧！

想想看，人生如果是一桌宴席，上桌的菜若都是蛋糕、甜汤，也是非常可怕的呀！

鳝鱼骨的滋味

在北京，刚刚飘起小雪的日子，听说更北的地方还有一波寒流将至。北京人对北方来的沙尘暴感到厌烦，对于寒流则是早有准备。

围炉吃火锅，是对抗寒流最好的准备了。在水汽蒸腾的火锅店，人人面红耳赤，有的还冒着大汗，吐出的烟气则在玻璃落地窗上结成浓浓的雾，外面的景物一时隐去，只剩下明灭的车灯疾驰照射。

我喜欢雾气迷离的火锅店的感觉，尤其是没有太多现代装潢的火锅店，依稀使人回到素朴而单纯的年代，没有那么多的商业，没有那么多的庸俗，没有那么多的烦琐与刻板。

有的，只是一片活气。

北京的朋友知道我喜欢吃火锅，特地带我去一家城西的老店，红灯笼、黄木板，每一桌上都有一个热腾腾的铜锅。锅子的烟囱高耸，烟囱的盖子大开，烧滚的锅子热气滚滚，弥漫在整个屋子里。

朋友点了一个大号的酸菜白肉锅，加了几盘羊肉，一些牛肉卷饼，然后把菜单推到我的面前，叫我点一些菜。

我点了几个菜，特别点了爆炒黄鳝和韭黄炒鳝。

跑堂的过来，看了菜单，好意地探询："先生，您点了两道鳝鱼呢！"

"对了，我喜欢吃鳝鱼！"

北京厨子炒的鳝鱼果然美味，香、脆、鲜美，骨头也剔得干净，没有一点渣子。

"老师怎么爱吃鳝鱼？"北京的朋友问。

我沉思了一下，就在水汽淋漓的火锅店里，简单地说起一段往事。

小时候，我家前的"亭仔脚"（就是屋檐下），摆了一个鳝鱼摊子，专卖炒鳝鱼和鳝鱼面。摊子黄昏才开张，正是我放学返家的时间，远远地就会看到爆炒鳝鱼的大烟，嗅觉似乎与视觉同时抵达，香味猛然蹿进我的鼻子，把我勾到摊子前面，我便低着头绕过巷子，回到家里。

为什么要低着头呢？

因为炒鳝鱼的价钱很贵，我们根本吃不起。不要说炒鳝鱼，连鳝鱼面也吃不起，我们家兄弟姊妹就有十八个，一人吃一碗面，恐怕是一星期的饭钱了。

这还不打紧，妈妈经常向卖鳝鱼的妇人央求、拜托，杀了鳝鱼剩下的骨头，一定要留给我们。妈妈深信鳝鱼的骨头充满钙质，还有各种维生素，对我们这些正在成长的孩子大有帮助。

每天晚上，妈妈都会从鳝鱼摊提回一大袋的骨头，洗也不洗地丢到大锅里熬煮。

"为什么洗也不洗？"

妈妈说："因为鳝鱼骨头上还带着鲜血，那是最为滋补的，洗净多么可惜！"

熬过两三个小时，鳝鱼骨头几乎在锅中化去，汤水成了咖啡色，水面上浮着油花。这时，妈妈会撒一把葱花，关火。

鳝骨汤熬成时，夜已经深了。

妈妈把我们叫到灶旁，一人一碗汤，再配上她在另一家面包店里要来的面包皮，在锅里炙热了，变成香味扑鼻的饼干。我们细细地咀嚼面包皮，配着清甜香浓的鱼骨汤，深深感受到生活的幸福。虽然吃不起鳝鱼与面包，但是鳝鱼与面包是有钱就吃得到的，鳝鱼骨和面包皮却是只有深爱我们的妈妈才做得出来。

只要卖鳝鱼的来摆摊，我们就一定会喝鳝鱼骨汤，奇特的是，我从来没有喝腻过，而且一直觉得这是人间至极的美味。

妈妈担心我们会吃腻，有时会在汤里加点竹笋，或下点蛋花；

有时会用豆腐红烧，或与萝卜同卤……虽然用的都是普通的食材，却充满了美味的魔术。

最神奇的算是炸鳝鱼骨了。

鳝鱼骨本来是歪曲扭动的，下油锅时突然就被拉直了，一条一条就像薯条一样。起锅时，撒一些胡椒、盐，吃起来香、酥、脆，真是美味极了。

我吃了好几年的鳝鱼骨头，一直到我去外地念书。偶尔回到乡下，喝到妈妈亲手熬的汤，总是觉得美味如昔，心中更是充满感动。妈妈把深情与爱熬入了那平凡的汤中，使我们身强体壮，在普遍营养不良的乡下孩子中，我们总是气色红润，精神饱满。

"也许是小时候吃不到鳝鱼，长大之后，只要到馆子吃饭，看到有卖鳝鱼的，总会点两道来吃，一边吃就会一边怀念那段艰苦的岁月。"我对北京的朋友说。

大家听得入神，纷纷夹起鳝鱼，细细咀嚼，当然，有故事加味，鳝鱼也变得别有滋味了。

吃完火锅，在飘着小雪的北京街头漫步，想到我们的生命正是这些看似微贱的东西，累积出一些无价的意义，使我们感到丰盈。谁能告诉我鳝鱼骨头一斤多少钱？面包皮一袋多少钱？市场里捡来的青菜一斤多少钱？

只要有爱，就是无价的。

我想到，也是飘着细雪的寒夜，我在日本旅行，搭巴士从大阪到东京，在中途的休息站，有小摊在卖"炸鳗鱼骨"。

原来，日本人爱吃鳗鱼饭，剔出来的鳗鱼骨弃之可惜，有人收集鳗鱼骨油炸出售，竟成了许多人爱吃的美食，甚至在日本有很多连锁店。

我买了一包，坐上巴士，继续前往东京的旅途。车子高速前进，我品尝着这包五百元日元的鳗鱼骨，大为吃惊，与我妈妈炸的鳝鱼骨，滋味一模一样，香、酥、脆。

巴士高速前进，公路边的灯火如流，思及岁月也是如流。生命里也有许多忧伤的寒夜，我强烈地想念妈妈，想念妈妈如何勤俭持家照顾我们长大，想念鳝鱼骨的滋味。

妈妈早已离世，在异国的雪夜中，我想到再也喝不到清炖的鳝鱼骨汤，再也不能一口一口地细细体会妈妈的深情。

想着想着，我的眼泪一滴一滴地落下，像窗外的雪花。

松芽酒

朋友在桧木桌下翻找了半天，拿出一瓶灰尘满布的酒来，把酒瓶擦干净，赫然看见一枝五寸长的松芽泡在酒里。

朋友得意地笑起来："来喝点松芽酒吧！"

说起这松芽酒，来历可不简单，五年前的端午节中午十二点到下午一点之间，朋友在深山里采撷松树的嫩芽，泡在陈年的金门高粱酒里，到第二年的端午节开坛，就可以饮用了。

我问道："一瓶酒只泡一枝松芽吗？"

"不，大约是一半的酒，一半的松芽，这瓶酒里我只留下一枝松芽，是在做证明的，证明这是如假包换的松芽酒。"

松芽酒被打开了，一阵松香飘然而出，在屋内转来转去，然后朝下着雨的庭院飘出去。

那种松香很难形容，像是琥珀或蜜蜡因摩挲而散发的幽香，使人的胸腹一阵清凉。

我先把松芽酒拿到鼻前闻香，五年前深山中的松芽仿佛在时光中醒转，枝枝带着山上清冷的空气流出。接着，我让那浅绿色的液体流入胸腹，由于浸泡的时间久了，酒气已然失散，只存下浓郁的松香在胸腔里流转、潮涌。

"这是从前山上的道人喝的酒，"朋友欢喜地笑着说，"因为松树是吸取天地精华而孕生的，传说喝了松芽酒，可以吸取天地的灵气。"

经过这么一说，好像天地的灵气突然凝聚在眼前的水晶杯中，有了一种迷蒙之美。

这杯松芽酒，使我想起一首唐诗：

松下问童子，言师采药去。

只在此山中，云深不知处。

那到山上采访隐士的诗人贾岛，在松树下问了童子之后，说不定就随手采了几枝春天的松芽回来泡酒。

在一枝松芽里，就蕴藏了一座山、一个春天，以及一颗品味美好生活的心。原来，天地的精华与灵气，只要有美好的心，就可以随处取用呀！

抹茶的美学

日本朋友坚持要带我去喝日本茶，我说："我想，中国茶大概比日本茶高明一些，我看不用去了。"

他对我笑一笑，说："那是不同的，我在台北喝过你们的功夫茶，味道和过程都是上品，但它在形式上和日本的不同。而且，喝茶在台北是独立的东西，在日本不是，茶的美学渗透到日本所有的视觉文化中，包括建筑和自然的欣赏。不喝茶，你永远不能了解日本。"

我随着日本朋友在东京的大街小巷中穿梭，去找喝茶的地方。一路上我都在想，在日本留了一些时日，喝到的日本茶无非是清茶或麦茶，能高明到哪里去呢？沉思间，我们似乎走到了一个茅屋的"山门"。它是用木头与草搭成的，非常简单朴素，朋友说我们喝茶的地方到了。这喝茶的处所，日语叫 Sukiya，译成中文叫"茶室";对西方人来讲就复杂一些,英文把它翻成 Abode of Fancy(幻想之居)、Abode of Vacancy(空之居),或者 Abode of Unsymmetrical(不称之居)。光看这几个字,就让我赫然觉得这茶室不是简单的地方。

果然,进入山门之后,视野一宽,看到一个不大不小的庭园,零落地铺着石块,大小不一,石与石之间生长着短捷而青翠的小草,几株及人高的绿树也不规则地错落有致。走进这样的园子,仿佛走进了一个清净细致的世界,远处,好像还有极细极清的水声在响。

日本的园林虽小,可是这样小的空间所创造的清净之力是非常惊人的,几乎使任何高声谈笑的人都要突然失声,不敢喧哗。

我们也不禁沉默起来,好像怕吵醒铺在地上的青石一样。

茶室的人迎接我们,一同进入一个小小的玄关式的回廊等候。这里距离茶室还有一条花径,石块四边开着细碎而微不可辨的花。朋友告诉我,他们进去准备茶和茶具,我们可以先在这里放松心情。

他说:"你别小看了这茶室,通常盖一间好的茶室所花费的金钱和心血胜过一栋大楼。"

"为什么呢?"

"因为,盖茶室的木匠往往是最好的木匠,他对材料的挑选、手工的精细都必须达到完美的程度,而且他必须是个艺术家,对整体的美有好的认识。以茶室来说,所有的色彩和设计都不应该重复。如果有一盆真花,就不能有描绘花的画;如果用黑釉的杯子，就不能放在黑色的漆盘上；甚至每根柱子都不能单调，要利用视觉的诱引，使人沉静而不失乐趣；即使一个花瓶的摆放也是学问，通常不应该摆在中央，使对等空间失去变化……"

正说的时候，有人来请去喝茶，我们步过花径，到了真正的茶室，房门约五尺，屋檐处有一架子，所有正常高度的成人都要低头弯腰入室，以对茶道表示恭敬。那屋外的架子是给客人放下所携的东西，如皮包、雨伞、相机之类，据说往昔是给武士解剑放置之处。在传统上，茶室是和平之地，是放松歇息的地方，什么东西都应放下，西方人叫它"空之居""幻想之居"是颇有道理的。

茶室里除了地上的炉子，炉上的铁壶，一支夹炭的火钳，一幅简单的东洋画，一瓶弯折奇逸的插花外，空无一物。而屋子里的干净，好像主人在三分钟前打扫了十遍一样，简直找不到一点灰尘——初到东京的人难以明白为什么这样的大城能维持得如此干净，如果看到这间茶室就马上明白了，爱干净几乎是日本人一个最基本的条件。而日本的传统似乎也偏向视觉美的讲求，像插花、能剧、园林，甚至从文学到日本料理，几乎全都讲求精确的视觉美，所以也只好干净了。

茶娘把开水倒入一个灰白色的粗糙大碗里，用一根棒子搅拌，碗里浮起了春天里松针一样翠的绿色，上面则浮着细细的泡沫，等到温度宜于入口时她才端给我们。朋友说，这就是"抹茶"了，喝时要两手捧碗，端坐庄严，心情要如在庙里烧香一般，是严肃的，也是放松的。和中国茶不同的是，它一次要喝一大口，然后向泡茶的人赞美。

我饮了一口，细细地用味蕾品着抹茶，发现这神奇的翠绿汁液苦而清凉，有若薄荷，似有令人清冽的力量，和中国茶之芳香有劲大为不同。

"饮抹茶，一屋不能超过四个人，否则就不清净。"朋友说，"过去，茶道定下的规矩有上百种，如何倒茶、如何插花、如何拿勺子、茶箱和茶碗都有规定，不是专业的人是搞不清楚的。因此，京都有'抹茶大学'，专门训练茶道人才，训练出来的人几乎都是艺术家。"我听了有些吃惊，光是泡这种茶就有大学训练，算是天下奇闻了。

日本人都知道，"抹茶"是中国的东西，在唐朝时传进日本。在唐朝以前，我们的祖先喝的茶就是这种搅拌式的"抹茶"，而且用的是大碗，直到元朝蒙古人入主中原后才放弃这种方式，反倒在日本被保存了下来。如今日本茶道的方法基本上来自中国，只是因时日既久，已融为日本传统，完全转变为日本文化的习性。

现在我们的茶艺以喝功夫茶为主，回过头来看日本茶道，更觉得趣味盎然。但不论中日，茶道讲的都是平静和自然的趣味。日本茶道的规模是十六世纪的茶道宗师千利休所创，曾有人问他茶道有否神秘之处。他说："把炭放进炉子里，等水开到适当程度，加上茶叶，使其产生适当的味道。按照花的生长情形，把花插到瓶子里，在夏天使人想到凉爽，在冬天使人想到温暖。除此之外，茶一无所有，没有别的秘密。"

这不正是我们中国人所说的"平常心是道"吗？只是千利休可能想不到，后来日本竟发展出一百多种规矩来。

在日本的茶道里，大部分的传说都是和古老中国有关的。最先的传说是说在公元前五世纪时，老子的一位信徒发现了茶，在函谷关口第一次奉茶给老子，把茶当成了"长生不老药"。

普遍为日本人熟知的传说，是禅宗初祖达摩从天竺东来后，为了寻找无上正觉，在少林寺面壁九年，由于疲劳过度，眼睛张不开，索性把眼皮撕下来丢在地上。不久，在达摩丢弃眼皮的地方长出了一棵叶子又绿又亮的矮树。达摩的弟子便拿这矮树的叶子来冲水，产生了一种神秘的魔药，使他们坐禅的时候可以常保觉醒状态，这就是茶的最初。

这真是个动人的传说，虽然无稽却有趣味，中国佛教禅宗何等大能，哪里需要借助茶的提神才能寻找无上的正觉呢？但是它也使得日本的茶道和禅生出极为深厚的关系，过去，日本伟大的茶师都是修习禅宗的，并且把禅宗的精神用到实际生活中，形成茶道——就是自然的、山林的、野趣的、宁静的、纯净的、平常的精神。

另外一个例子可以反映这种精神。像日本茶室，通常是四叠半大，这个大小是受《维摩经》的一段话影响而决定的：《维摩经》记载，维摩诘居士曾在同样大的地方接待文殊师利菩萨和八万四千个佛弟子，它说明对真正悟道的人而言，空间的限制是不存在的。

我的日本朋友说："日本茶道走到最后有两个要素，一个是微锈，一个是朴拙，都深深地影响了日本的美学观。日本的金器、银器、陶瓷、漆器，甚至大到庭园、建筑，都追求这样的趣味。说到日本传统的事物，好像从来没有追求明亮光灿的东西，唯一的例外，大概是武士的刀锋吧！"

日本美学追求到最后，是精密而分化。像京都最有名的苔寺"西芳寺"，竟在五千三百七十坪（一坪约合三点三平方米）的面积上，种满了一百二十种青苔，其变化之繁复，差别之细腻，真是达到了人类视觉感官的极致——细想起来，那一百二十种青苔的变化，不正是抹茶上翡翠色泡沫的放大照片吗？

我们坐在"茶室"里享受着深深的安静，想到文化的变迁与流转，说不定我们捧碗而饮的正是唐朝。不管它是日本的还是中国的，它确乎能使人有优美的感动，甚至能听到花径青石上响过来的足声，好像来自遥远的海边，而来的那人羽扇纶巾、青衫蓝带，正是盛唐时代衣袂飘飘的文士——呀！我竟为自己这样美的想象惊醒过来，而我的朋友却双眼深闭，仿佛入定。

静到什么地步呢？静到阳光穿纸而入时都仿佛能听到沙沙声。

我们离开的时候才发觉整整坐了四个小时，四个小时只是一瞬，只是达摩祖师眼皮上长出的千千亿亿片叶子中的一片罢了。

凉面因缘

在我家附近的永春市场，有一条小巷子连着开了几家凉面店和凉面摊，清晨的时候非常热闹，很多人来这里吃凉面。

非常有意思的是，这些凉面摊子，卖的东西都一样，并且非常简单，有凉面、麻酱凉面、杂酱面、蛋花汤、贡丸汤、味噌汤。还有，他们营业的时间也一样，都是清晨开张，过中午就收摊了。

但是，其中有一家卖凉面的摊子，生意特别好，几乎从开张到收摊都是客满的，通常要排队才有位子坐。

我每天清晨散步到公园，都会路经这几家凉面摊，不禁令我起了疑惑，为什么有这么多人宁可排队等着，也不愿意到对面或隔壁的凉面店去吃呢？尤其，这家生意最好的凉面摊的面积最小，外表最破落，卖面的是一对年轻夫妇，有时忙不过来，客人还要等好久。

　　那么，答案几乎就出来了，一定是这家凉面摊的口味最好！

　　为了求证我的想法，我立刻走进去，排队等候吃了一碗凉面和一碗味噌汤，果然是人间美味，怪不得这么多人宁可等候。然而，我立刻想到，做这样的判断有武断之嫌，因为我并没有吃过其他几摊的凉面，如何可以说这一家是最美味的呢？

　　第二天开始，我沿着小巷，轮流到每一家凉面摊去吃面，当作我的早点，顺便希望找出那家凉面店生意最好的原因。当我在每家凉面店吃了两次以后，我几乎就找到原因了。

　　我发现，每一家凉面店都好吃，口味全在伯仲之间，而且每一家的价钱都是一样的，因此，口味与价钱绝对不是原因。其次，被现代许多人堪称最重要的装潢也不是原因，因为装潢最好的店却不是生意最好的。

　　原因是服务的态度，我发现这一对青年夫妇不管多么忙碌，对客人都是很体贴的，这种体贴并不表现在笑脸，而是一些动作和简单的问候："请问是要大碗还是小碗？""要不要加点辣？""是不是要配个汤？我们的味噌汤不错的。"使客人觉得受到敬重（虽然一碗凉面才十五元），并且在言谈间让人体会到他们感恩的态度。

　　其次是效率，这一对夫妇每天给人的感觉都是精神振作，妻子做凉面的动作之纯熟，简直像是在表演一门艺术；丈夫也一样，打蛋花、冲汤，一气呵成，夫妻俩合作无间。每天去吃早餐的人，只要看他们的动作，精神就为之一振，吃的时候也感到愉快。

其三，有许多客人显然是老主顾，一坐下，他们就亲切地问："今日还是吃贡丸、蛋花、味噌汤？"原来这位客人喜欢三种汤混在一起，吃过一次，老板就记住了。或者有时候听到这样的对话："你先生从日本回来了没？""喔！你去台东转来了？五天没有来吃了！"听到这些话的人，内心一定感到十分温暖。

这就是一家小凉面摊成功的秘诀，在每一个细微处都十分用心，有一种体贴的态度，和每一位客人有和谐的关系，使人觉得即使只花十五元，也得到很诚挚的尊重。

后来，我每次去吃凉面，也是不自觉地往巷尾走，是呀！同样吃一碗凉面，我们为何不到服务最好、最受尊重的一家呢？

一家小小凉面摊都需要用心经营，何况是人生里更大的事功？这使我想到佛教里常说的"广结善缘"，善缘看来很小，没有像装潢、店招、口味、价钱那么明显，却是更深刻、更长远、更有力量的。

善缘从哪里来？就是全人格、全生命对别人有一种善意，每一个善意发出去，绕了一圈，一定以善缘转回来。有善缘的人，当然是比没有善缘的人更容易成功的。

食家笔记

长板条上

所有的日本料理店，靠近师傅料理台一定有一个用木板钉成的长板条，这板条旁边的椅子一般人不肯去坐，原因无它，只因不够气派。在台湾，日本料理店生意最好的是在房间内，其次是桌子，最后才是围着师傅的板条；在日本则是反其道而行，最好的是板条边。

吃日本料理，当然不得不相信日本人的方式。这个长板条之所以受人喜欢，是因为日本人去喝酒时大部分是小酌，而不是大宴，一个人坐在长板条边是最自在的。

如果你要吃好东西，也只有在长板条上。因为坐在长板条边，距离师傅很近，日久熟识互相询问家常，师傅一边谈话，一边总会从他身边抓一些东西请你吃,像毛豆、黄瓜、酱萝卜、生芹菜包芝麻之属,有时候甚至挖一勺刚做好的鱼子给你,或者把切剩的最好的一条鱼肚子推到你面前。

坐长板条的客人通常不是寻常客人,都是嗜好生鱼的。那么师傅会告诉你,今天什么鱼好、什么鱼坏,并非他故意去买坏鱼,而是鱼市场当日的鱼货有些不甚高明,然后他会说:"今天有一种好鱼,我切给您试试。"等你吃完满意了,他才切上要算账的来,而你不要小看那一片湿湿的鱼片,料理店的一片好鱼,通常吃一口要一百日元的。

长板条是最能学吃日本料理的地方,因为所有的东西都摆在面前,有许多选择的机会;如果坐在房间里,吃一辈子日本料理,可能许多见都没有见过。

长板条上也是最有人情味的地方,只要坐在长板条边,总不会吃得太坏。中国人说"见面三分情",大师傅就在面前,总不好意思弄一些差的东西给你。而且,师傅无形中聊起日本料理的情形种种,自然就是在传法给客人了。最重要的是,如果是熟客,价钱总会算得便宜一些。因为在日本料理店中,每张桌子都由服务生开单,唯有长板条上是"自由心证",全权由师傅掌握,熟人好说话,一定比房间里便宜多多。

在日本一些专卖生鱼和寿司的店,有时没有桌子,只有板条四桌围绕,师傅们则站在里面服务。一个师傅平常只照顾五把椅子，有些相熟的客人往往不仅认店，还要认师傅，这时不仅手艺比高下，连亲切都要一比，因而店中气氛融洽，比其他日本料理店要吵闹得多。

由于日本人生鱼生虾吃得厉害，所以卫生新鲜要格外讲究。听说要是在日本吃料理中了毒，可以向店里控告，赔偿起来大得不得了，而坐在长板条上的客人不但可以控告店里，连认得的师傅都可以告进官里去。因此，师傅们无不戒慎恐惧，害怕丢了饭碗，消费者得以安心大啖其生猛海鲜。

我过去不觉得日本料理有什么惊人之处，有一回和摄影家柯锡杰去吃日本料理，第一次坐在长板条上。老柯与师傅相熟，大显身手叫了许多平日不易吃到的东西，而且有大部分是赠送的，这时始知吃日式料理也有大学问。老柯说："日本料理的师傅也是人，也有荣誉心，如果遇到一位好的吃家，他恨不得把自己的肚子都切下来给你下酒，谁还在乎那区区几个钱呢？"

柯锡杰早年留学日本，吃日本菜是一流的高手，但是他说："不管吃什么菜，认识大师傅都是必要条件，中国菜里也是一样的吧！菜里无非人情，大师傅吩咐一声，胜过千军万马。我早年在美国当厨子，自己发明了一道烤鸡，名字就叫'柯氏鸡'，与'麻婆豆腐'一样，以人名取胜，结果大家都爱吃这道菜。不一定是菜有什么高明，而是他们认识了柯氏。在人情上，总要试试柯氏鸡的滋味吧！"

这使我想起另一位吃家欧豪年。欧豪年每次在餐馆请客，一定提前半个小时前往。我觉得奇怪，不免问他，他说："主要是先来挑鱼，同样的鱼只要大小不同，味道就差很多。像青衣石斑之属，一斤左右的最好，太小的肉烂，太大的肉老。其次是先和师傅打个招呼，他就会特别留意，做出真正的好菜来。就说蒸鱼好了，火候最重要，要蒸到完全熟了可是还有一点点肉粘在骨头上，那个节骨眼，只有一秒钟的时间。"

中国人吃饭挑师傅相熟的馆子，和日本人在长板条上挑师傅是一样的，是人情味的表现。我曾在一家日本料理店看一个日本人在长板条上，每吃一片生鱼就喝一杯清酒，一边和师傅聊天，最后竟然大醉高歌而归，那时我想使他醉的不一定是清酒，说不定是那个师傅！

梁　妹

新加坡朋友何振亚颇有一点财富，待人热诚，我在新加坡旅行时住在他家，他最让人羡慕的不是他有钱，而是他有个好厨子。

何振亚的厨子是马来西亚籍的粤人，是个单身女郎。她身材高挑，眉清目秀，年约三十岁，等闲看不出她有什么好手艺，但她是那种天生会做菜的人。

这梁妹不像一般用人要做很多事，她主要的工作就是做做三餐。我住在何家，第一天早上起床，早餐是西式的，两个荷包蛋，两根香肠，一杯咖啡，一杯牛奶、果汁。奇的是她的做法是中式的，蛋煎两面，两面皆为蛋白包住，却透明如看见蛋黄——这才是中国式的"荷包蛋"，不是西式的一面蛋——而那德国香肠是梁妹自灌的，有中西合璧的美味。

正吃早餐的时候，何振亚说："你不要小看了这鸡蛋。你看这鸡蛋接近完全的圆形，火候恰到好处，这不只是技术问题。梁妹是个律己极严的厨师，她煎蛋的时候只要蛋有一点歪，就自己吃掉，不肯端上桌，一定要煎到正圆形，毫无瑕疵，才肯拿出来。我起初不能适应她的方式，现在久了反而欣赏她的态度，她简直不是厨子，是个艺术家嘛！"

梁妹犹不仅此也，她家常做一道糖醋高丽菜，假如没有上好的镇江醋，她是拒绝做的。而且，一粒高丽菜，叶子大部分要切去、丢掉，只留下靠近菜梗的又厚实又坚硬的部分，切成正方形（每个方形一样大，两寸见方）。炒出来的高丽菜透明有如白玉，嚼在口中清脆作响，真是从寻常菜看中见出功夫，可想而知做大菜时她的用心。有一回何振亚请酒席，梁妹整整忙了一天，每道菜都好到让人嚼到舌头。

其中一道叉烧，最令我记忆深刻，端上来时热腾腾的，外皮甚脆，嚼之作声，而内部却是细嫩无比。梁妹说："你要测验广东馆子的师傅行不行，不必吃别的菜，叫一客叉烧来吃马上可以打分数。对广东人来说，叉烧是最基本的功夫。"

梁妹来自马来西亚乡下，未受过什么教育。我和她聊天时忍不住问起她烹饪的事，她说是自己有兴趣做菜，觉得煎一粒好蛋也是令人快乐的事。

"怎么能做到这样好呢？"

"我想是这样的，一道做过的菜不要去重复它，第二次重新做同一道菜。我想，怎么样改变一些佐料，或者改变一点方法，能使它吃起来不同于第一次，而且企图做得更好一点，到最后不就做得很好了吗？"

我在何家住了一个星期，一直觉得有个好厨子是人生一快，后来新加坡的事多已淡忘，唯独梁妹的菜留给我的印象至为深刻。我不禁想起以前的法国大臣塔列朗（Talleyrand）奉派到维也纳开会，路易十八问他最需要什么，他说："祈皇上赐臣一御厨。"因为对法国人来说，没有好的厨子，外交就免谈了。

以前袁子才家的厨子王小余说："作厨如作医，吾以一心诊百物之宜。"又说："能大而不能小者，气粗也；能啬而不能华者，才弱也。且味固不在大小华啬间也。能，则一芹一菹皆珍怪；不能，则虽黄雀鲊三楹，无益也。"（《厨者王小余传》）真是精论，一个好厨子做的芹菜绝对胜过坏厨子做的熊掌。

做一个好厨子的条件是怎样的呢？

美国玄学大师华特（Alan Watts）说："杀一只鸡而没有能力将之烹好，那只鸡是白死了。"

法国人爱调戏人，他们常问的话是："你会写文章，会画图做雕刻，你好像什么都有一手，且慢，你会烧菜吗？"看！如果你只会写文章，不会烧菜，只能算是"作家"，不能算是"艺术家"。在骄傲的法国人眼中，如果你不会烧菜，至少也要具有好舌头，否则真是不足论了。

得过最高荣誉勋章的法国大厨波古氏（Bocuse）说过："发现一道新菜，比发现一颗新星，对人类的幸福有更大的贡献。"诚不谬哉！

响螺火锅

在纽约旅行的时候，有一天雕刻家钟庆煌在家里请吃火锅，约来了纽约的各路英雄好汉，有画家姚庆章、杨炽宏、司徒强、卓有瑞，摄影家柯锡杰，舞蹈家江青，作家张北海。

那一天之所以值得一记，是因为钟庆煌准备了难得吃到的响螺火锅。响螺是电影中常见的海盗用来吹号的那种螺，体形十分巨大，吃起来颇费事，故一般西方人很少食用，在纽约只有中国城有的卖。

　　钟庆煌说，他为了准备这响螺火锅已整整忙了一天，一早就走路到中国城挑选合适的响螺。由于响螺壳坚硬无比，必须用榔头敲开，敲开之后只取用其前半部（像吃蜗牛一样，前半部才是上品）。取下后切片也不易，因响螺肉韧，必须用又利又薄的牛排刀才能切成薄片，要切得很薄很薄，否则就不能吃火锅了。

　　听钟庆煌这样一说，大家都颇为感动，而且听说一般馆子吃响螺不是用焖就是用炖的，用来吃火锅还是钟庆煌的发明。

　　那一次吃响螺片火锅滋味难忘，因肉质鲜美，经滚水烫过有一股韧劲和脆劲，吃起来有点像新鲜的鲍鱼片，但比鲍鱼更有劲道，而且响螺肉有透明感，真是人间美味。吃涮响螺片时我才发现，如果真有至味，不一定要依赖厨子，然而火候仍是不可忽视的，透明的螺片下锅转白时即捞起，否则就太老了。

　　回台北后，吃火锅时常想起雕刻家亲手拿榔头敲开的响螺火锅，可惜找不到响螺。后来，在南门市场一家卖海鲜的摊子找到了响螺，体积比美国的小得多，要价一两十五元。摊贩说是澎湖的响螺，滋味比美国的好，因为美国的长得太大了，肉质较硬。

　　我带一些回来试做，才发现不然，因美国响螺大，切片后吃火锅较适合，澎湖的嫌小了一些。后来我想了很久，用一个新的方法做，先炖鸡一只，得汤一碗，再用鸡汤煨响螺片约十分钟，味道鲜美无比。

　　现在台北的馆子里也开始做响螺，尤其广东馆子最多，通常也是用鸡汤煨，再焖一些青菜进去，是正统的吃法；另有一法是将螺肉挖出剁碎，和一些碎肉虾泥再塞回螺壳中蒸熟，摆到盘子里非常壮观，可惜风味尽失。这使我想到，生猛海鲜本身的味道已经各擅胜场，纯味最上，配味次之，像什么虾球、花枝丸、蚵卷、蟹饺等都是等而下之了。

画家席德进生前也是有名的吃家，他就从不吃虾球之属，理由之一是：谁知道那是什么做的。理由之二是：即使用虾也不会用好虾，好好的虾干吗炸虾球？——真是妙见，把新鲜响螺剁碎了，简直是暴殄天物。

但这也不是绝对的，做汤的时候，用一个响螺同做，味道也完全不同。问题是，这时的响螺肉就不能吃了——这似乎是吃家的原则之一：你有一种东西，只能选择一种吃法，不能又要喝汤又要吃肉。

荷叶的滋味

在台北的四川馆子和江浙馆子里，常常有一道菜叫"荷叶排骨"，荷叶排骨就是用荷叶包排骨到大锅里去蒸，通常要选肥瘦参半的肉排，因为太瘦了用荷叶蒸过会涩口，肥则不忌。

用荷叶蒸排骨实在是大学问，也是大发明。由于火蒸之后，荷叶的香气穿进排骨，而排骨的油腻则被香气逼了出来，两者有了巧妙地结合，是锡箔排骨远远不及的。广东馆子用荷叶包糯米团，糯米中可有各种变化，咸的可以包肉，甜的可以包芝麻或豆沙，不管做什么，都非常鲜美，真是把荷叶用到出神入化的地步了。

使用荷叶也是大有学问，一家馆子的师傅告诉我，包荷叶只能取用质软的一部分，靠茎的部分则不能用。而且荷叶刚采下时并不能用，易于断裂，须放置一日，叶已软而不失其青翠，如放置过久，荷叶一下锅，蒸出来就乌黑了。

荷叶在中国菜里使用得并不广，记得台湾乡下有一种"荷叶粿"，是用荷叶包粿，有咸甜各味，一打开荷香四溢。我幼年时代有一位三姑妈擅做这种荷叶粿，但姑妈去世后，我已多年未尝此味，只是一想起，荷叶仍然扑鼻而香。

植物的叶子在中国菜中是配味，不论怎么配，确实可以改变味道，如同端午节使用的粽叶。在乡下，光是粽叶的价钱就有好多种，好的粽叶做出来的粽子就是不一样。嘉义以南，有许多人包粽子用大的竹叶，味道又不同了，它没有粽叶浓香，格外带一点清气，和荷叶粿有点相似。

台湾乡下人节省，有的家庭把吃剩的粽叶洗净、晾干，第二年再来使用，这时包的虽是粽子，殊不知风味已经尽失了。这与台北一般大馆子做鸽松、小馆子做蒸饭常使用到竹筒类似，但那竹筒一用再用，早就毫无滋味。那么，用竹筒和用别的容器又有何不同呢？

台北苏杭馆子里，信义路有一家的包子做得有名。包子倒无特殊之处，只是蒸的时候笼子里铺了干草，这一出笼时就完全不同了。和荷叶排骨一样，它把包子的油蒸了出来，却又表现了包子的精华。唯一遗憾的是，那些干草并不是用一次就算，失去了发明时的原意。

中国菜讲究火功，到细微处，菜肴身边的配置十分重要，荷叶是其明显的一端。古时不用瓦斯，光是木炭都有讲究，喝茶时用松枝烹茶，松树之香气会穿壶入水，称为"松枝茶"。我童年的时候，母亲常用蔗叶煮饭烧茶，做出来的饭、泡出来的茶都有甜气，始知小如叶片，也有大的用途。

荷叶的滋味甚好，使人想起中国菜实是中国文化的表现。荷叶固可以入诗入画，同时也能入菜，入菜非但不会使荷叶俗去，反而提高了一道菜的境界。只是想到荷叶难求，心中未免怏怏。

在乡下，使用荷叶原不是什么特别的妙见，而是就地取材。记得我的姑妈当年包"荷叶粿"时，并非四时均有荷叶可用，有时也取芋叶或香蕉叶代之。那时每次使用别的叶子，姑妈总爱感叹："这芋叶、香蕉叶蒸的粿，怎么吃总是比不上荷叶，少了那一点香气。"

如今想起来，只是习惯造成的感觉，芋叶有芋叶的好，蕉叶也有蕉叶之香，我倒是觉得，说不定连梧桐叶都可以做排骨呢！

　　新加坡、马来西亚、印尼、印度一带，人们就擅于使用树叶。路边小摊常有各种树叶包着的东西，卖的时候放在火上一烤即成。我在当地旅行时，爱在路边吃这些东西，发现不只是肉，连鱼虾都包在叶子里烤，这样烤的好处是水分保留在叶子里，不失去原味，而且不会把东西烤坏。

　　中国菜使用叶子，通常用的是蒸，适于大馆子。说不定还可以发展烤的空间，让升斗小民也能尝到荷叶的滋味！

张东官与麦当劳

　　近来读《紫禁城秘谭》，里面写到清朝最好吃的皇帝是乾隆，而乾隆最爱吃的是江苏菜，万寿节及其他节日常开"苏宴"。他常吃的菜有"燕窝黄焖鸭子炖面筋""燕窝红白鸭子筋炖豆腐""冬笋大炒鸡炖面筋""燕窝秋梨鸭子热锅""大杂烩""葱椒羊肉"等。

　　当时，御厨里的苏州厨役有张东官、赵玉贵、吴进朝诸人，张东官出现以后，其他苏州厨子黯然失色，张东官可以说是清朝御厨中风头正劲的人物。

　　当时乾隆皇帝到处巡狩，各地大臣为了讨好皇上，到处寻访庖厨名手，张东官就是长芦盐政西宁出重金礼聘自苏州。乾隆三十六年（1771年）二月，皇帝出巡山东，西宁进张东官进菜四品，其中有一品是"冬笋炒鸡"，很合皇帝口味。吃完以后，皇帝赏给张东官一两重的银锞子两个。此后，皇帝每吃一次张东官的菜就赏银二两，一直到三月底回京。

乾隆四十三年（1778年），皇帝再次出巡盛京，传张东官随营做厨。七月二十二日，张东官做了一品"猪肉碏砂馅煎馄饨"，晚上又做了一品"鸡丝肉丝油煸白菜"、一品"燕窝肥鸡丝"、一品"猪肉馅煎黏团"，极为称旨，吃完后，皇帝赏银二两。

不久之后，张东官时常做菜进旨，如"豆豉炒豆腐""糖醋樱桃肉"，又做"苏造肉""苏造鸡""苏造肘子"。这期间，皇帝时常赏赐，记载上赏过"熏貂帽檐一副""小卷缎一匹""大卷五丝缎一匹"，可见皇帝对一个好厨子的礼遇。

乾隆四十六年（1781年）二月，张东官正式入宫当御厨，官居七品，更得皇帝的宠爱。《紫禁城秘谭》写到张东官的最后一段是：

"乾隆四十八年（1783年）正月初二日晚膳，张东官做'燕窝脍五香鸭子热锅一品''燕窝肥鸡雏野鸡热锅一品'，尤称旨，屈指初承恩眷，至是匆匆十二年矣！"

张东官大概是清朝最后一位有名的厨子，从皇帝对他的赏赐和别人对他的敬爱有加，可以知道一名好厨子是多么难求。好厨子就如同艺术家，不必来自宫廷，民间也自有奇葩。我看了张东官十分传奇的历程，以及他做给乾隆吃的一些菜名，真觉得上好的烹调是一菜难求。

就说一道"豆豉炒豆腐"，"不知用何种配料，就膳档规之，帝殊嗜爱。"豆豉和豆腐都是民间之物，任何乡下村妇都能做这道菜，可是张东官的火候却可以惊动皇上，一定是厨之外还有艺。

"厨之外有艺"是中国菜的传统，不但要在味道上讲究，在颜色上讲究，甚至在名字上也都别出心裁，犹如新诗创作。看到好的名字、好的味道、好的颜色，人的喉头里会忍不住伸出一只手来。

说到厨子，有一回，叙香园的老板请吃饭，把他们馆子里大部分的菜都端出来了。一共二十四道，品品都是好菜，叫人吃了仰天长啸。我问杨先生："你们馆子里有多少名菜呢？"

"大致就是你吃的这些了，一个饭店里只要有二十道名菜就是不得了的，要知道一般小馆只要有一道招牌好菜也就不容易了。"

然后我们谈到厨子，杨先生觉得好的厨子是天才人物，不是训练可以得致。因为好厨子的徒弟总是不少，但成大厨的永远是少数中的少数，没有一点天生的根器是不成的。厨艺又和艺术相通，所以，一般艺术家自己都能发明出几道好菜来。

我问到一个俗气的问题："那么一个好厨子目前的薪水是多少呢？"杨先生说那得看他的号召力，像叙香园的大厨，一个月的薪水是三十万新台币，比起一家大公司的总经理毫不逊色。

我想到三十万台币是十几两黄金，那么现代大厨的待遇恐怕远超过乾隆皇帝的御厨张东官了。一个名厨足以决定一家饭店的成败，三十万也实在是合理的待遇了，你看台北的馆子何止千百，能打出大师傅招牌的却没有几个。

看完《紫禁城秘谭》，我到台大附近去买书，发现台大侧门对面也开了一家麦当劳，门口大排长龙。心中真是无限感叹，中国这样优秀的饮食传统恐怕有一天要被机器完全取代了。将来如果我们要找名厨，真只有到典籍中去找了。

我们当然不必一定吃张东官的好菜，但是，能把豆豉炒豆腐做好的厨子，现在还剩几个呢？

吃客素描

我有一个朋友叫陈瑞献，是新加坡、马来西亚一带有名的艺术家，同时也是有名的吃家。他以前在《南洋商报》上写吃的专栏，十分叫座，对吃东西之讲究罕有其匹。

瑞献和现在台湾地区法国文化中心主任戴文治是黄金搭档，两人时常一起到世界各国大吃，事后互相研究讨论。在吃这方面，配合得像他们俩这样好的也很少见。

说到他们两人的相识也是奇遇，戴文治曾是法国驻新加坡的大使，陈瑞献正好是新加坡法国大使馆的秘书，本是主属关系。由于两人都好吃并且酷爱艺术，竟成好友，相交莫逆，以兄弟相待。

这两个吃家好吃到什么程度呢？陈瑞献常说："人生有四件大事，除了吃以外，其他三件我已忘记。"他们是那种有了好吃的东西可以丢掉其他三件的人。瑞献每天除了吃好吃的东西，生活却几乎是邋遢的。在衣着方面，他虽在大使馆上班，却终年穿着短裤、拖鞋到办公室。由于他名气太大，久之大家也习以为常。在住的方面，他住所对面就是新加坡有名的绿灯户，是黑社会争夺的地盘。虽是两层洋楼，家中却堆满了零乱的字画，要找个能坐的地方都感到困难。在行的方面，他开着大使馆持有的一辆福特跑车，车龄已有六七年，他开到哪里停到哪里，由于挂着使馆牌，即使在管理严格的新加坡也享有特权。他那部车是新加坡少数有名的"大牌"之一，车子够老，牌子够硬。

瑞献书画、文章、金石都是绝活，除了这些，对他最重要的大概就是吃了。

有一年，瑞献因公来台北，我问是不是可以看看他的行程，他把纸拿出来，里面几乎没有行程，只写了三餐用餐的地点和吃些什么菜。

"这就是你的行程吗？"我说。

"是呀！有什么比吃更重要呢？"

他说出外游山玩水固好，但对他们这种经常在世界各处跑的人已没有什么意义，吃吃好东西才是最实在的。我看他的"行程表"（就是吃程表）中有一天中午空白，表示我要做东，那时我正想去法国，在办理赴法签证，大权在戴文治手中，便约戴文治一同前往。

当时在戴文治家中，瑞献指着戴文治对我说："你请他吃饭可要当心，要是吃到什么难吃的菜，你的法国签证就泡汤了，假如吃到好菜，说不定给你一本法国护照。"

三人哈哈大笑，戴文治补充说明："我的权力没有那么大，最长只能给你签六个月。"

"当然，如果不给你签，你这辈子都别想去法国了。"瑞献爱开玩笑，"完全看你怎么安排了。"

兹事体大，当下三人摊开吃的地图（戴文治家中有一本专门记载台北馆子的书籍，里面还有图表）研究，我从罗斯福路、和平东路、信义路、仁爱路、忠孝东路一路问下来，大部分有名的馆子他们都吃过了，这使我大吃一惊，因为台北爱吃的人虽多，吃得这么全的也算少见。

后来我卖了一个关子，说："这样好了，明日午时就在法国文化中心集合，我带你们去吃，但先不说吃的地点和吃些什么。"两人相视一笑，点头答应。

第二天，我带他们到仁爱路的"吃客"去吃，他们果然没有吃过，大为惊奇，台北居然有他们没吃过的馆子。我叫了一些普通的菜，记得是咸猪脚、风鸡、醉虾、干丝牛肉、吃客鲳鱼、炒年糕、黄鱼煨、香菇鸭舌汤，每出来一道菜都叫他们舌头打结。事实上，并不是菜烧得多了不起，只是咸猪脚、风鸡、醉虾对初尝的人确是异味，而黄鱼煨之鲜美，香菇鸭舌汤以五十只鸭舌做成，都是富有舌头震撼力的。

吃完后叫了一客豆沙锅饼，一客芝麻糊，吃得两位名吃客啧啧称奇。

结束之后，我问戴文治："味道如何？"

"六个月，六个月。"戴忙着说，意即我的法国签证，他可以给我签最长的时间。

"这样棒的一顿饭才值六个月吗？"瑞献打趣说，我们不禁拍案大笑。

这时，我才透露了为什么选"吃客"。因为在戴文治的"秘籍"中并没有吃客的记载，胜算很大。我们四人（还有我的妻子小菱）谈到，选择馆子事实上没有叫菜重要，因为每一个馆子的师傅总有一两道"招牌好菜"，有时一家馆子就靠一道菜撑着。如果去吃馆子而不知道叫菜，如同盲人骑马，只知有马，不知马瞎，真是太可怕了。

好菜的功能之大甚至影响到法国签证呢！可不慎哉！

后来我与妻子到新加坡，瑞献一来就为我们开了一张食单，每天让我们早、午餐自便，晚餐如果没有特别应酬，则听他的安排。他找到的菜馆不论大小，菜都是一流的。即使是在路边小摊吃海鲜，他也能找到又新鲜又好吃的地方——这真是食家本色，好的食家是不摆排场、不充阔佬的，一万块吃到好菜不是本事，一千块吃到好菜才是本事；能吃海鲜不是本事，要便宜吃到好海鲜才是本事；知道名菜名厨不是本事，连街边小摊都了然于胸才是本事。

有瑞献带路去吃，差一点把我的舌头忘在新加坡了。

最遗憾的是，瑞献为我排了一餐俄国菜、一餐印度菜，由于那两天都有朋友应酬，因此分别在江浙馆和广东茶楼吃饭，至今引为憾事。瑞献表现在吃上的兴趣是令人吃惊的，他不但餐餐陪我们吃，毫无倦容，而且吃得比我们还有味。有一回吃潮州菜，我看他吃得趣味盎然，忍不住问他："你吃过这么多次，还觉得好吃吗？"

他正色道："好的菜就是你吃几十次也不会腻的，就像一幅好的画挂在家中三五年，你何尝厌倦？"

他继续说："吃好菜的时候总要把心情回到最初，好像是第一次品尝，让味蕾含苞待放。这就像和情人接吻，如果真爱那情人，不管接多少次吻都有不同的滋味，真正的吃家对待食物要像对待情人。"

他告诉我，有一次他和戴文治在法国吃鸡肉，戴文治在一食三叹之后求见厨师，当那顶白高帽在厨房门口出现时，戴文治自动站起来，先向厨师致敬，再与他交谈。他说："事后，戴文治对我说，他敬爱厨师，一如敬爱情人；对于那些失去做爱能力的人，佳肴是最好的补偿。"

瑞献常说："不惜工本大快朵颐是食家本色。"又说："让蠢人错把你当白痴者，是一流食家的逸乐。"又说："品味如品画，厨者所以是画人。"他为了吃，有时甚至是疯狂的。

举例来说，一九八一年大陆曾有"锦江华筵访问团"，锦江师傅坐专机到新加坡，包括锅铲、碗筷和重要材料全是专机空运。锦江师傅在玻璃内做菜。吃客可以在外面观察他们的做法、刀功等，从切菜、炒煮到端盘出来一目了然。在新加坡来说，是难得的机会。

然而，一桌菜叫价一万坡币（合二十万台币）。瑞献起了吃的念头，他的妻子小菲极力反对，因为一万坡币不是小数目。后来，瑞献想了个变通的办法，就是邀集十位朋友，一人出一千坡币（合两万台币），一起去吃锦江华筵，分摊起来负担就小了。

小菲仍不赞成，觉得花一千坡币吃一餐也不可思议，但瑞献对她说："你让我去吃这一餐，你只是心痛一阵子；如果你不让我去吃这一餐，我会遗憾一辈子。"他们伉俪情深，小菲只好节省用度，让他好好地吃了一餐。事后他告诉我："真是值回票价！"小菲则对我说："幸好给他去吃，否则真会怨我一辈子，他吃了那顿饭，回来整整说了一个月。"

我和瑞献已有三年未见，但每次吃到好菜总会不自觉想起他来。因为在这个世界上，人莫不饮食，豪侈暴发之辈奇多，一掷万金者也所在多有，但鲜有能知味之人，知味是多么不易呀！

我们通信的开头总是："最近在××路发现××馆子，拿手好菜是……味道……"结尾则是："几时来这里，一起去大吃一顿吧！"

知味不易，人生得知味之知己，是多么难呀！

第二道乌龙

算准了她要来的时间，他总是为她泡一杯盖碗的乌龙茶。

他总是把第一泡的茶水倒弃，因为他知道第二道乌龙最好，涩尽回甘，带着一种晨曦般的颜色。每次他泡好第二道乌龙，在屋里放着她最喜欢的维瓦尔第时，总正巧听到她的足声从山下的阶梯响起，轻巧一如维瓦尔第的春天。

尤其冬季雨天的时候，她总因桌上的茶冒着热气而温暖地笑了。她用双手捧着茶杯取暖，他把手围在她的手上，感觉这世界如果有什么叫幸福，这就是了。

她走了以后，他还是时常坐在冬季雨天的屋檐下，听雨，喝着乌龙茶。

乌龙茶还是第二道最好，涩尽回甘，带着晨曦般的颜色。这样想着，使他的心情有如远方的山，虽在雨雾的悲愁里，也升起了一点凄清的美丽。

一味

乌铁茶

一位朋友独自跑到木栅的观光茶区去经营茶园，取名为"乌铁茶区"。据说，他是接下了一个患病农民的茶园，原因是很想做出一些自己喜欢的茶，让自己喝了欢喜，朋友喝了也欢喜。

"你喜欢的茶是什么呢？"

"中国的两大名茶，一是乌龙，二是铁观音。乌龙清香，铁观音喉韵好，这两种茶是完全不同的。少年时代就常想，有没有可能使两味变成一味呢？就是把乌龙和铁观音的优点融合，消除它们的缺点，所以，我把自己的茶园取名为'乌铁茶园'。"

"使两味合成一味"可能只是朋友的理想，但他在实验的过程中，却创造了许多滋味甚美的茶；也由于有一个渴盼创造的心灵，他理想的茶虽未出现，但他对于人生、对于茶已经有了全新的体验。

他说："当我心中有使乌龙与铁观音合一的愿望时，事实上那种茶已经完成了，虽然还没有做出来，但总有一天会做出来。"

我走在朋友种的井然有序的茶园里，看到洁白的小茶花，不禁想起禅师所说的"家舍即在途中"——当一个人往理想、愿望迈进的时候，每一步历程其实都与目标无异，离开历程，目标也就不存在了。

问题是，历程的体验与目标的抵达虽是一味，由于人自心的纷扰，它就成为百味杂陈了。

一味，不是生活里的柴米油盐，而是内心的会意。

一味，不是寻找一种优雅的生活，而是在散乱中自有坚持：在夏日，有凉爽的心；在冬天，有温暖的怀抱。

生命里的任何事都没有特别的意义，在平凡中找到真实的人，就会发现每一段每一刻都有尊贵的意义。

雀舌鹰爪

经营茶园的朋友嫌现在的茶做得太粗，于是用手工采茶，用手工制茶，做出一种最好的茶，取名为"莲心茶"。

　　莲心茶只取茶最嫩的茶芽制成，一芽带两叶，卷曲有如莲子的心。

　　以茶芽制茶古已有之，《梦溪笔谈·杂志一》说："茶芽，古人谓之'雀舌''麦颗'，言其至嫩也。"《宣和北苑贡茶录》说："凡茶芽数品，最上曰小芽，如雀舌、鹰爪，以其劲直纤锐，故号芽茶；次曰中芽，乃一芽带一叶者，号一枪一旗；次曰紫芽，乃一芽带两叶者，号一枪两旗；其带三、四叶，皆渐老矣。"

　　莲心茶必须在春天气候晴和的早上去采，这时茶树吸收了昨夜的雾气，茶芽初发，一芽一芽地采下来。

　　朋友说，现在的农夫觉得这样采茶芽太费工了，不符合成本效益，使得雀舌鹰爪徒留其名，早已成为传说了。

　　"但是，最好的总要有人去做，纵使被看成傻子也是值得的。"朋友说。

　　是的，最好的总是要有人做，我为朋友那种真挚求好的态度感动了。

　　他每年只做几斤莲心茶，只卖给善饮茶的人，每人限购二两，他说："最好的茶只给会喝的人，但是不能太多，太多就不会珍惜了。"

　　法也是一样吧！这个世间有许许多多的法，法味都不错，但最好的总要有人去做，即使被看成傻子也是值得的。

体会茶的心

不过，做茶也不能一厢情愿，而要体会茶的心。

朋友有一种很好的茶，叫"月光茶"，是在春天的夜间，用探照灯照着采的。他打着探照灯在夜间采茶，会被茶山的人看成疯子。

他说："有一天，天气很热，我自己泡一壶茶喝，觉得茶里面还带着暑气。我心里想，如果在有露水的夜里采茶，茶在夜露的浸润下，茶树的心情一定很好，也就没有暑气了。"

想到就做，竟让他做出像"月光茶"这样的茶来，喝的时候仿佛看见月光下吐露着清凉的茶园，心胸为之一畅。想到"冻顶乌龙"之所以比"乌龙"好，是因为终年生于云雾风霜的极冻之顶，好像能令人体会到茶里那冰雪的心。

我们与茶互相体会，与人间的因缘也要互相体会。佛教徒时常会觉得高人一等，自以为是众生的母亲，但是反过来想，我们已经在轮回中受生无数次，一切众生必都会是我的母亲。这些在过去世中无数无量曾呵护、照顾、体贴、关爱过我们的母亲呀，如今就在我的四周。

一切的众生为了生活，得不停忙碌地工作；一切的众生为了呵护子女，要累积财富，以至他们没有时间全力修持佛法。但，不能修持佛法的母亲还是我最亲爱的母亲呀！我愿她们都拥有最美好的事物，也愿她们一切幸福。

如是思维，心遂有了月光的温柔与清凉。

不可轻轻估量

朋友们来看我，知道我喜欢喝茶，都会带茶来送我，因此我喝到了许多未承想过的茶。像桂花茶、紫罗兰茶、菩提叶茶都还是普通的，有人送我决明子茶、芭乐叶心茶、荔枝红、柚子茶等各种奇怪的加味茶。

今天，一位朋友带来一罐人参乌龙茶，听说是乌龙茶王加美国人参制造的，非常昂贵。我说："如果是最好的乌龙，就不会做成人参乌龙茶；如果是最好的人参，也不必做成人参乌龙茶。所以，所谓人参乌龙茶，应该都是次级的人参与次等的乌龙制造的。"

朋友听了哈哈大笑。

我说，这是实情，因为最好的茶不必加味，凡是加味者，都不是用最好的茶去做的。

朋友是来告诉我，某地又出现了一位新的禅师，某地又出现了一位新教主，某地又有一位高人宣称证得大圆满境界，以神通经验来号召，信徒趋之若鹜。

他问我："你看这是真的，还是假的？"

我说："你管他是真是假，我们只要照管自己的心就好了。"

他又问："为什么台湾近年来每年都会出现这样的人呢？"

我说："你觉得呢？"

"我觉得是社会竞争太厉害了。有一些人循正常的管道奋斗，不可能成功。最快成功的方法是自称教主、祖师，或证得某种境界，因为这既有名有利，也不需要时间和本钱，只要会演戏就好了，而且群众也无法去检验。就像我要和人做生意，总会先调查他的信用，过去的经验有迹可寻，可是这种社会上自称成就的人往往是无迹可寻的。你认为我的看法怎样？"

"很好！"我说，"我还是觉得最好的茶是不用加味的，最好的法也是一样，对待加了许多味的法，与对待加了许多味的茶一样，要谨慎，不可轻轻估量！"

然后，我们泡了一壶人参乌龙茶喝，不出所料，不是最好的茶叶，也不是最好的人参。

风格的芬芳

在南部六龟的深山里，有一种野生茶，近年来已成为茶界乐道的茶。

野生茶，听说已生长了百余年的时间，是日据时代或清朝时种在深山里而被人遗忘的茶树，由于多年未采摘，长到有一层楼高。

野生茶的神奇就在于每一棵的茶味都不一样，有独特的风格。例如，一棵有蜂蜜的味道，一棵有牛乳的味道，一棵有莲花香，这不是加味，是自然在茶叶中长成的。

因此，采野生茶的人要带许多小袋子，每一棵茶树采的装一袋，烘焙时也要每一棵分开，手工精制。这样费时费力做出来的茶，自然是价昂难求，有时有钱也买不到。

我在朋友家品尝野生茶，果然，每一棵都很不一样。我最喜欢带有莲花香的那一棵，喝的时候一直在寻思，为什么茶叶会自然长出莲花的香味呢？为什么每一株茶的味道都不同呢？

我想，一棵茶树在天地间成长壮大，在时空中屹立久了，自然会形成一种独特的风格。这种风格不会妨碍它做一棵平常的茶树，却有与一切茶树完全不同的芬芳。人也是如此，处于法味久了，自然形成风格，这风格不会使他异于常人，但会使他在人间散发不同的芳香。

寒天饮茶知味在

与懂茶的人喝茶，有时候也挺累人，因为到后来，只是在谈茶的心得，很少真的用心喝茶，用的都是舌头。

有一天，一位素来被认为会喝茶的朋友来访，我边泡茶边说：

"今天我们可不可以完全不谈茶的心得，只喝茶？"

朋友呆住了，说："我光喝茶，不谈茶，会很难过的。"

我说："我们过于讲究茶道而喝茶，会忘记喝茶最根本的意义。喝茶，第一是要解渴，第二是兴趣，第三是有好心情，第四是有好朋友来，对茶的研究反而是最末节的了。"

然后，我们坐下来，喝茶！

那时候觉得赵州的"吃茶去"讲得真好。

雪夜观灯知风在，寒天饮茶知味在。除了专心喝茶，我们并不做什么。喝了几盏茶之后，朋友说："今天真好，我现在知道茶不是用舌头喝的了。"

我想起一位学生曾这样问法眼文益禅师："师父，什么是人生之道？"

他说："第一是叫你去行，第二也是叫你去行。"

是的，什么是饮茶之道？第一是叫你去喝，第二也是叫你去喝。

什么是佛法之道？第一是叫你去实践，第二也是叫你去实践。

"有没有第三呢？"朋友说。

"有的，第三是叫你行过了放下！"

这金黄色的茶汤呀！这人生之河的苦汁呀！这中边皆甜的法味呀！

一味万味，味味一味。

喝时生其心，喝完时应无所住，如是如是。

清雅食谱

有时候生活清淡到自己都吃惊起来了。

尤其是差不多从对食物的欲望中完全超脱出来，面对别人都认为是很好的食物，一点也不感到动心。反而在大街小巷里自己发现一些毫不起眼的东西，有惊艳的感觉，并慢慢品味出一种哲学。正如我常说的，好东西不一定贵，平淡的东西也自有滋味。

在台北四维路一条阴暗的巷子里，有好几家山东老乡开的馒头铺子，这些铺子由于实在够小，往往老板就是掌柜，也是蒸馒头的人。这些馒头铺子，早午各开笼一次，开笼的时候水汽弥漫，一些嗜吃馒头的老乡早就排队等在外面了。

热腾腾、有劲道的山东大馒头，一个才五块钱，那刚从笼屉中被老板的大手抓出来的馒头，有一种传统的乡野的香气，非常美味，也非常结实，寻常一般人一餐也吃不了这样一个馒头。我是把馒头当点心吃的，那纯朴的麦香令人回味，有时走很远的路，只是去买一个馒头。

这巷子里的馒头大概是台北最好的馒头了，只可惜被人遗忘了。有的馒头店兼卖素油饼，大大的一张，可蒸、可煎、可烤，和稀饭吃时，真是人间美味。

说到油饼，在顶好市场后面，有一家卖饺子的北平馆，出名的是"手抓饼"。那饼烤出来时用篮子盛着，饼是整个挑松的，又绵又香，用手一把一把抓着吃。我偶尔路过，就买两张饼回家，边喝水仙茶，边抓着饼吃，如果遇到下雨的日子，就更觉得那手抓饼有难言的滋味，仿佛是雨中青翠生出的嫩芽一样。

说到水仙茶，是在信义路的路摊寻到的。对于喝惯了茉莉香片的人，水仙茶更是往上拔高，如同坐在山顶上听瀑。水仙入茶而不失其味，犹保有洁白清香的气质，没喝过的人真是难以想象。

水仙茶是好，有一个朋友做的冻顶豆腐更好。他以上好的冻顶乌龙茶清焖硬豆腐，到豆腐成金黄色时捞起来，切成一方一方，用白瓷盘装着，吃时配着咸酥花生，品尝这样的豆腐，坐在大楼里就像坐在野草地上，有清冽之香。

有时食物也能像绘画中的扇面，或文章里的小品，音乐里的小提琴独奏，格局虽小，慧心却十分充盈。冻顶豆腐是如此，在南门市场有一家南北货行卖的"桂花酱"也是如此。那桂花酱用一只拇指大的小瓶装着，真是小得不可思议，但一打开，桂花香猛然自瓶中醒来，细细的桂花花瓣像还活着，只是在宝瓶里睡着了。

桂花酱可以加在任何饮料或茶水里，加的时候以竹签挑出一滴，一杯水就全被香味所濡染，像秋天庭院中桂花盛放时，空气都流满花香。我只知道桂花酱中有蜜、有梅子、有桂花，却不知如何做成，问到老板，他笑而不答。"莫非是祖传的秘方吗？"心里起了这样的念头，却也不想细问了。

桂花酱如果是工笔，"决明子"就是写意了。在仁爱路上有时会遇到一位老先生卖"决明子"，挑两个大篮用白布覆着，前一篮写"决明子"，后一篮写"中国咖啡"。卖的时候用一只长长的木勺，颇有古意。

听说"决明子"是山上的草本灌木，种子熟了以后热炒、冲泡，有明目滋肾的功效。不过，我买决明子只是喜欢老先生买卖的方式，使我想起幼年时代在山上采决明子的情景。在台湾乡下，决明子被唤作"米仔茶"，夏夜喝的时候总是配着满天的萤火入喉。

对于能想出一些奇特方法做出清雅食物的人，我总感到佩服。在师大路巷子里有一家卖酸酪的店，老板告诉我，他从前实验做酸酪时，为了使奶酪发酵，把奶酪放在锅中，用棉被裹着，夜里还抱着睡觉，后来他才找出做酸酪的最好的温度与时间。他现在当然不用棉被了，不过他做的酸酪又白又细，真像棉花一般，入口成泉，若不是早年抱棉被，恐怕没有这种火候。

那优美的酸酪要配什么呢？八德路一家医院餐厅里卖的全黑麦面包，或是绝配。那黑麦面包不像别的面包是干透的，而是里面含着一些带有浓香的水分。有一次问了厨子，才知道是以黑麦和麦芽做成，麦芽是有水分的，才使那里的黑麦面包一枝独秀。想出加麦芽的厨子，胸中自有一株麦芽。

食物原是如此，人总是选着自己的喜好，这喜好往往与自己的性格和本质十分接近，所以从一个人喜好的食物可以看出他的人格。

但也不尽然，在通化街巷里有一个小摊，摆两个大缸，右边一缸卖"蜜茶"，左边一缸卖"苦茶"，蜜茶是甜到了顶，苦茶是苦到了底，有人爱甜，却又有人爱那样的苦。

"还有一种人，他先喝一杯苦茶，再喝一杯蜜茶，两种都要尝尝。"老板说，不过他也笑了，"可就没看过先喝蜜茶再喝苦茶的人，可见世人都爱先苦后甘，不喜欢先甘后苦吧！"

后来，我成了第一个先喝蜜茶，再喝苦茶的人，老板着急地问我感想如何？

"喝苦茶时，特别能回味蜜茶的滋味。"说完，我们两人都大笑起来。

旁边围观的人都为我欢欣地鼓掌。

苦瓜特选

她离去的那一年，他不知道为什么开始喜欢吃苦瓜。那时，他的母亲在后院里栽种了几棵苦瓜，苦瓜累累地垂吊在竹棚子下面，经过阳光照射，翠玉一样的外表就透明了起来，清晨阳光斜照的时候，几乎可以看见苦瓜内部深红的期待成熟的种子。

他从未对母亲谈过自己情感的失落，原因或许是他一向认为，像母亲那样经过媒妁之言嫁给父亲的女子，永远也不能体会感情的奥妙。

母亲自然从未问起他的情感，只是以宽容的慈爱的眼睛默默地注视着他的沉默。他自己每天到院子里挑一根苦瓜，总是看见母亲在院子里浇水除草，一言不发，有时微笑地抬头看他。

他摘了苦瓜转进厨房，清洗以后，就用薄刀将苦瓜切成一片一片，晶明剔透，调一盘蒜泥酱油，添了一碗母亲刚熬好、还热在灶上的稀饭，细细咀嚼苦瓜的滋味。

生的苦瓜冰凉爽脆，初食的时候像梨子一般，慢慢地，就生出一种苦味来，那苦味在吞咽的时候，又反生出特别的甜味。这生食苦瓜的方法，他幼年即得到母亲的调教，只是他并未得到母亲挑选苦瓜的真传，总觉得自己挑选的苦瓜不够苦，没有滋味。

有一日，他挑了一根苦瓜正要转出后园，看见母亲提着箩筐要摘苦瓜送到市场去卖，母亲唤住他说："你挑的苦瓜给我看看。"

他把手里的苦瓜交给母亲。

母亲微笑着从箩筐里取出一根苦瓜，与他的苦瓜平放在一起，问说："你看这两根苦瓜有什么不同？"

他仔细端详两根苦瓜，却分不出它们有什么差异。母亲告诉他，好的苦瓜并不是那种洁白透明的，而是带着一种深深的绿色；好的苦瓜表皮上的凹凸是明显的，不是那种平坦光滑的；好的苦瓜不必巨大，而是小而结实的。然后，母亲以一种宽容的声音对他说："原来你天天吃苦瓜，并不知道如何挑选苦瓜，就像你这些日子受着失恋的煎熬，以为是人世里最苦的，那是因为你不知道还有比失恋更苦的东西。世界上没有不苦的苦瓜，就像没有不苦的恋爱，最好的苦瓜总是最苦的，但却在最苦的时候回转出一种清凉的甘味。"

他默默听着，不知道如何回答母亲。

母亲指着他们的苦瓜园，说："在这么大的院子里，怎么能知道哪些苦瓜是最好的，是在苦里还有甘香的？如果没有经过几十年的磨炼，就无法分辨。生命也正是这样的，没有人天生会分辨苦瓜的甘苦，也没有人天生就能从失败的恋爱里得到启示。我们不吃过坏的苦瓜，就不知道好的是什么滋味；我们不在情感里失败，就不太容易在人生里成功。"

他没想到母亲猜中了他的心事，低下头来，看到母亲箩筐边的纸箱上写了"苦瓜特选"四个字。母亲牵起他的手，换过一根精选的苦瓜，说："你吃吃这个，看看有什么不同？"

他坐在红木小饭桌边，吃着母亲为他挑选的那粒苦瓜，细细地品味，并且咀嚼母亲方才对他说的话，才真正知道了上好的苦瓜，原来在最苦的时候有一股清淡的香气从浓苦中穿透出来，正如上好的茶、上好的咖啡、上好的酒，在舌尖是苦的，到了喉咙时，才完全区别出一种持久的芳香。

望穿明亮的窗户，看到后院中累累的苦瓜，他在心中暗暗想着："如果情感真像苦瓜一般，必然有苦的成分，自己总要学习如何在满园的苦瓜里找到一根最好的、最能回甘的苦瓜。"

然后他看到母亲从苦瓜园里穿出的背影，转头对他微笑，他才知道母亲对情感的智慧，原来不是从想象来的，而是来自生活。

好香的臭豆腐

　　路过一家小店，看到招牌上写着几个大字——"好香的臭豆腐，好烂的大肚面线"，就像对联一样，上面还有一个横批，写着"欢迎品尝"。

　　我站在那块招牌前面凝视了很久，虽然我不喜吃臭豆腐和大肚面线，但仍然为这个别出心裁的招牌而感叹。

　　臭豆腐，顾名思义，当然是臭的，而且愈臭愈好。然而，奇特的是，臭豆腐的香臭只是一种认定，嗜食其味的人，会把"臭"当作"香"，因而，臭豆腐即香豆腐。在某种情况下，臭豆腐与鸡屁股似乎是同类的东西。有时候路过街头，看人卖鸡屁股，五个一串、十个一串，也会感到大惑不解。屁股原是拉杂之所，嗜食的人却觉得其香无比，否则怎么能一次五个、十个地吃呢？

　　延伸其义，我们对于那些味道奇特的事物也可说是"好香的榴梿""好香的奶酪""好甜的苦茶""好清的苦瓜""好香的辣椒""好吃的鹿尿"(鹿尿是一种台湾食品,即腌渍蒜头,日据时代腌于鹿尿或马尿中而得名)。

"好烂的大肚面线"也是如此。烂,本来是个不好的字眼,在《吕氏春秋》里是"过熟"的意思,《淮南子》里说是"腐败"的意思,《左传》里说是"火伤"的意思。但是"灿烂""烂漫",也是同一个"烂",却是象征光明之极致,说是"异色兮纵横,奇光兮烂烂"(《思归赋》)。

"烂"用在大肚面线也是恰当不过的,想来大肚面线如果不烂,一定是不好吃的。

我对大肚面线没有什么印象,对臭豆腐则是印象深刻的。因为从前居住在木栅的时候,巷口就有一摊卖臭豆腐的小贩,也是"好香的臭豆腐"之流。由于巷口是唯一的通道,因此,我几乎是"无所遁逃于天地之间",每日只好掩鼻而过。在路过时看到食客众多,乐享美味的时候,我感到大惑不解。

我大概是天生比较中庸的那种人,对于生命中极端的事物向来没有尝试的勇气,臭豆腐即其一端,所以天天路过,有两年之久,竟从未坐下来吃一块臭豆腐。

后来在杂志上读到臭豆腐的做法,是把硬豆腐泡在腐鱼、腐肉和烂了的高丽菜叶中发酵做成的(当然还有别的做法,不过只有这种方法才是正统的遵古法制)。再加上油炸臭豆腐的油要和臭豆腐匹配，常常是炸几个月不换油，卫生堪虑。这两点，光是想起来就恐怖至极，从此更没有勇气吃臭豆腐了。

我第一次在台北吃臭豆腐，是和新象活动中心的负责人许博允一起。许博允对食物和音乐都极有冒险犯难的精神。有一次，他约我到东门临沂街上的"小白屋"吃夜宵，他叫了一盘清蒸臭豆腐，端上来的时候我大吃一惊。因为那清蒸的臭豆腐饱满得像白玉一样，米色中透着一层淡淡的绿，上面撒了香菜末，看了令人食指大动。但我想到腐鱼、腐肉的制作方法，还是不敢吃。许博允当场把老板拉来，跟我解释他们做的臭豆腐绝对干净安全，他们俩正拍胸脯保证，我才举箸吃了一些。哎呀！真是滋味不凡，风味难以形容。

从此我竟然上瘾了。那时我住在临沂街，离小白屋餐厅只有五分钟的路程，几乎平均一星期吃两三次清蒸臭豆腐，才稍稍理解了在街上吃臭豆腐的人的心情。

这世界的香臭美丑并没有一定的道理呀！天下之至臭不是臭豆腐，在《吕氏春秋·孝行览·遇合》里说："人有大臭者，其亲戚、兄弟、妻妾、知识无能与居者，自苦而居海上。海上人有说其臭者，昼夜随之而弗能去。""说"即是"悦"，有的人臭到亲戚朋友都不能忍受，只好自己住在海上，偏偏海上有人喜欢他的臭味，白天夜晚都追随他而离不开。曹植因而感慨地说："兰茝荪蕙之芳，众人之所好，而海畔有逐臭之夫。"

　　从"好香的臭豆腐"里，我们可以思考到生命这个严肃的课题，就是我们不应以僵化固定的眼睛或思维来观世界。我们要有更广大的包容、更多元的心来容忍世间的异见，因为兰花虽香，是众人所爱，但海边也有逐臭之夫！

不是茶

日本茶道大师千利休，是日本无人不晓的历史人物。他的家教非常成功。千利休家族传了十七代，代代都有茶道名师。

千利休家族后来成为日本茶道的象征，留下来的故事不计其数，其中有三个故事我特别喜欢。

千利休到晚年时，已经是公认的伟大茶师。当时掌握大权的将军丰臣秀吉特地来向他求教饮茶的艺术，没想到他竟说饮茶没有特别神秘之处。他说："把炭放进炉子里，等水开到适当程度，加上茶叶，使其产生适当的味道。按照花的生长情形，把花插在瓶子里。在夏天使人想到凉爽，在冬天使人想到温暖，没有别的秘密。"

发问者听了这种解释，便带着厌烦的神情说，这些他早已知道了。千利休厉声回答道："好！如果有人早已知道这种情形，我很愿意做他的弟子。"

千利休后来留下一首有名的诗，来说明他的茶道精神：

先把水烧开，

再加进茶叶，

然后用适当的方式喝茶，

那就是你所需要知道的一切，

除此以外，茶一无所有。

这是多么动人！茶的最高境界就是一种简单的动作、一种单纯的生活。虽然茶可以有许多知识学问，在喝的动作上，它却还原到非常单纯有力的风格，超越了知识与学问。也就是说，喝茶的艺术不是一成不变的，随着每个人的个性与喜好，用自己"适当的方式"，才是茶的本质。如果茶是一成不变的，也就没有"道"可言了。

另一个动人的故事是关于千利休如何教导他的儿子。日本人很爱干净，日本茶道更有着绝对一尘不染的传统。因而，如何打扫茶室成为茶道艺术极为重要的传承。

传说当千利休的儿子正在洒扫庭院小径时，千利休坐在一旁看着。当儿子觉得工作已经做完的时候，他说："还不够清洁。"儿子便出去再做一遍。做完的时候，千利休又说："还不够清洁。"

这样一而再，再而三地做了许多次。

过了一段时间，儿子对他说："父亲，现在没有什么事可以做了。石阶已经洗了三次，石灯笼和树上也洒过水了，苔藓和地衣都披上了一层新的青绿，我没有在地上留下一根树枝和一片叶子。"

"傻瓜，那不是清扫庭园应该用的方法。"千利休对儿子说。然后站起来走入园子里，用手摇动一棵树，园子里霎时落下许多金黄色和深红色的树叶，这些秋锦的断片，使园子显得更干净、更宁谧，并且充满了美与自然，有着生命的力量。

千利休摇动树枝，是在启示人文与自然的和谐乃是环境的最高境界。在这里也说明了一位伟大的茶师是如何从茶之外的自然得到启发。如果用禅意来说，悟道者与一般人的不同也就在此，过的是一样的生活，对环境的观照已经完全不一样。他能随时取得与环境的和谐，不论是秋锦的园地或瓦砾堆中都能创造泰然自若的境界。

还有一个故事是关于千利休的孙子宗旦。宗旦不仅继承了父祖的茶艺，对禅也极有见地。

有一天，宗旦的好友，京都千本安居院正安寺的和尚，叫寺中的小沙弥送给宗旦一枝寺院中盛开的椿树花。

椿树花一向就是极易掉落的花。小沙弥虽然非常小心地捧着，花瓣还是一路掉下来了。他只好把落了的花瓣拾起，和花枝一起捧着。

到宗旦家的时候，花已全部落光，只剩一枝空枝。小沙弥向宗旦告罪，认为都是自己粗心大意才使花瓣落下的。

宗旦一点也没有怨怪之意，并且微笑地请小沙弥到招待贵客的"今日庵"茶席上喝茶。宗旦从席床上把祖父千利休传下来的名贵的园城寺花筒拿下来，放在桌上，将落了花的椿树枝插于筒中，把落下的花散放在花筒下。然后，他向空花及空枝敬茶，再对小沙弥献上一盅清茶，谢谢他远道赠花之谊。两人喝了茶后，小沙弥才回去向师父复命。

宗旦表达了一个多么清朗的境界！花开花谢是随季节变动的自然，是一切的"因"；小和尚持花步行而散落，这叫作"缘"。无花的椿枝及落了的花，一无价值，这就是"空"。

从花开到花落，可以说是"色即是空"，但因宗旦能看见那清寂与空静之美，并对一切的流动现象，以及一切的人抱持宽容的敬意，他把"空"变成一种高层次的美，使"色即是空"变成"空即是色"。

对于看清因缘的人，"色不异空""空不异色"也就不是那么难以领会了。

老和尚、小沙弥、宗旦都知道椿树花之必然凋落，但他们都珍惜整个过程，这就是我们常说的"惜缘"。惜缘所惜的并不是对结局的期待，而是对过程的珍爱呀！

　　在日本历史上，所有伟大的茶师都是学禅者。他们都向往沉静、清净、超越、单纯、自然的格局。一直到现代，大家都公认不学禅的人是没有资格当茶师的。

　　因此，关于茶道，日本人有"不是茶"的说法。茶道之最高境界竟然不是茶。从这里也可以看出人们透过茶，是在渴望着什么。简单地说，是渴望着渺茫的自由，渴望着心灵的悟境，或者渴望着做一个更完整的人吧！

蜜事

　　大岗山是佛教圣地，有许多雄伟的佛寺。大岗山也种了许多水果，尤以荔枝、龙眼为多，所以它也是有名的水果产地。

　　但它最有名的不是佛寺，也不是水果，而是**蜂蜜**。大岗山所出产的蜂蜜，因为是由龙眼花与荔枝花所酿成的，又生产于最炎热的夏季，因此格外地清凉芳醇，不仅扬名于邻近地区，甚至闻名国外。

　　大岗山的荔枝蜜、龙眼蜜的闻名带来的第一个影响，就是附近地区所有的蜜，全部标上大岗山蜂蜜的名号出售，有时还把外地的蜜运到山上去贩售，以补山上蜂蜜生产的不足。时间一久，大家都不知道哪些蜂蜜才是真正的大岗山的蜂蜜。

　　第二个影响，是大岗山上的养蜂户，在没有花期的时候，或者开花不盛的时候，就用糖水来喂养蜜蜂。蜜蜂用糖水来酿蜜，过程没有什么不同，但风味却大为不同了。这样久了以后，大岗山蜂蜜的名声就一日不如一日了，观光客到大岗山也不爱买蜂蜜了，因为既怕买到外地冒名的蜂蜜，又怕买到本地用糖水做成的蜂蜜，只好不买。最后，大岗山的蜂蜜落得和别地的蜂蜜没有两样，即使是用最好的龙眼花酿成的蜜，也显不出它的芳香了。

这是"劣币驱逐良币""恶紫夺朱"最好的例子，也是人因为贪心而自贬身价的典型。

糖水做成的蜜有什么不对吗？蜜蜂自己也认为它是蜜才努力酿造的呀！养蜂的人也认为它是蜜，因为它是蜜蜂所造出来的呀！喝的人也分不清它是不是蜜，它有了蜜的形式，却没有蜜的内容；它有了蜜的结果，却没有蜜的过程。

说它是蜜，它就是蜜，因为它为蜂所造。

说它不是蜜，它就不是蜜，因为它不是百花所酿。

它是人的贪念以蜜蜂为工具而成的似是而非的东西。

任何纯粹的东西也像这样，加上人的贪念就似是而非了。

蜜的事也是这世界上所有事的缩影，一切的败坏，最可怕的不是恶事，因为恶事我们会防御、会反抗；最可怕的是似是而非，好坏不分——这才是世界败坏的主因。

璎珞粥

《禅林象器笺》中记载了三种从前禅寺里吃的粥：一是五味粥，二是璎珞粥，三是红稠粥，说吃了对人的健康极有益。五味粥是八宝粥，红稠粥是红豆稀饭，都是一般人常吃的，那么，璎珞粥是什么呢？

原来璎珞粥是把米煮成粥，然后下野菜，那粥里有野菜牵连，有如璎珞，所以得名。从读到"璎珞粥"的名称以后，我就喜欢吃野菜和米煮成的稀饭，有时用黄澄澄的小米来煮，更像璎珞，吃起来有特别的美味。可见名称是很重要的，一样是稀饭，因为冠了璎珞两字，就使平凡立时成为非凡。

我向来对稀饭情有独钟，想是童年养成的习惯，从前的早餐没有现在的花样多，早餐吃的都是地瓜稀饭配酱菜和豆腐乳，偶尔吃到"清粥小菜"（就是没有加番薯的稀饭和几个小菜）已经够让人欣喜了。

后来一提到早餐，立刻想到地瓜粥，成为脑筋最自然的反射。

不只是早上吃稀饭，在"坏年冬"（收成不好的时节）常常是三餐都吃稀饭。

农忙时节，农夫早上、下午各要吃一次点心，也就是一天吃五餐的意思。在我们家乡，通常早上的点心吃咸粥（闽南语叫"饭汤"，是用香菇、竹笋、猪肉和饭一起煮的），下午的点心则是绿豆稀饭。我到现在还常常想起一群人蹲在田岸喝粥的情景。由于工作劳累，大家喝起稀饭时稀里呼噜的，颇能感觉到在收成时生命的美好。

我对吃粥的印象美好，多半的时候是想到因为经济因素，家里不得不吃粥；很少想到，粥对人的健康是极有益的。直到后来，在佛教的律仪里读到"粥有十利"的说法，才知道对于健康，粥比其他食物更能滋益身心。据《摩诃僧律》指出，粥有十种利益：

1. 姿色：滋益身躯，颜容丰盛。

2. 增力：补益衰弱，增长气力。

3. 益寿：补养元气，寿算增益。

4. 安乐：清净柔软，食则安乐。

5. 辞清：气无凝滞，辞辩清扬。

6. 辩说：滋润喉舌，论议无碍。

7. 消宿食：温暖脾胃，宿食消化。

8. 除风：调和通利，风气消除。

9. 除饥：适充口腹，饥馁顿除。

10. 消渴：喉舌沾润，干渴随消。

由于有这么多利益，因此说粥是"饶益行者，故称良药"。

还有一些律典也指出吃粥的利益，多不出这十利，像《四分律》，就说粥有除饥、除渴、除风、消宿食、大小便调通等五种利益。

佛教丛林以粥为主食，开始得很早。据《十诵律》的记载，从前释迦牟尼佛住在迦尸国竹园中安居时，有一些居士常做八种粥来供佛。这八种粥是酥粥、油粥、胡麻粥、乳粥、小豆粥、摩沙豆粥、麻子粥、清粥等，可见粥的种类很多，而佛陀当时就鼓励僧团食粥。

看到佛经里对粥的记载，使我们知道粥对人有很大的裨益，而中国传统以粥为早食也是合乎健康的。不像现在大饭店的早餐，一早就是牛排大餐，昨夜的宿食未消，早上就大吃大喝，怎么"吃得消"呢？

如今在台北，早上要吃粥越来越不便，连豆浆烧饼都越来越少，逐渐被速食店的油炸早餐，以及火腿蛋、三明治所取代。这些东西远不如清粥小菜有益健康，可是现代人哪儿有时间想那么

218

多呢?

　　我虽住在城市里，却总在早上煮一锅粥、放一些青菜，然后配着豆腐和腐乳吃早餐。如果说米和青菜是"璎珞粥"，豆腐和腐乳就是白玉和黄玉了。

　　吃的时候，我会忆起昔日乡下蹲在田岸喝稀饭的乡亲，感觉到那流逝的日子也如璎珞，戴在自己的胸前。

此时无情胜有情

光之四书

光之色

当塞尚把苹果画成蓝色以后，大家对颜色突然开始有了奇异的视野，更不要说马蒂斯蓝色的向日葵，毕加索鲜红色的人体，夏卡尔绿色的脸了。

艺术家们都在追求绝对的真实，其实这种绝对往往不是一种常态。

我是真正见过蓝色苹果的人。有一次去参加朋友的舞会，舞会不免有些水果点心。我发现就在我坐的位子旁边，一个摆设得精美的果盘中间有几个梨山的青苹果，苹果之上有一个彩纸包扎的蓝灯，一束光正好打在苹果上，那苹果的蓝色正是塞尚画布上的色泽。那种感动竟使我微微地颤抖起来，想到诗人里尔克称赞塞尚的画："法国式的雅致与德国式的热情之平衡。"
(《新诗集》)

设若有一个人，他从来没有见过苹果，那一刻，我指着苹果说：苹果是蓝色的。他必然要深信不疑。

然后，灯光变了，是一支快速度的舞。七彩的光在屋内旋转，打在果盘上，所有的水果顿时成为七彩的斑点流动。我抬头看到舞会上的男女，每个人脸上的肤色隐去，都是霓虹灯一样，只是一些活动的碎点，像极了秀拉用的细点描绘。此刻，我不仅理解了马蒂斯、毕加索、夏卡尔种种，甚至看见了除去阳光以外的真实。

在阳光下，所有的事物自有它的颜色；当阳光隐去，在黑暗里事物全失去了颜色。设若我们换了灯，同样是灯，灯泡与日光灯会使色泽不同；即使同是灯泡，"白炽"与"荧光"相去甚巨，不要说是一支蜡烛了。我们时常说在黑夜的月光与烛光下就有了气氛，那是我们多出一种想象的空间，少去了逼人的现实。即使在阳光艳照的天气，我们突然走进树林，树叶掩映，点点丝丝，气氛仿佛滤过，围绕在周边。什么才是气氛呢？因为不真实才有气氛，令人迷惑。或者说除去直接无情的真实，留下迂回间接的真实，那就是一般人口里的气氛了。

有一回在乡下，听到一位农夫说到现今社会风气的败坏，他说："都是电灯害的，电灯使人有了夜里的活动，而所有的坏事全是在黑暗里进行的。"想想，人在阳光的照耀下，到底还是保持着本色，黑暗里失去本色，一只苹果可以蓝，可以七彩，人还有什么不可为呢?

这样一想，阳光确实无情，它让我们无所隐藏，它的无情在于它的无色，也在于它的永恒，又在于它的自然。不管人世有多少沧桑，阳光总不改变它的颜色，所以仿佛也不值得歌颂了。

熟知中国文学的人应该发现，中国诗人词家少有写阳光下的心情，他们写到的阳光尽是日暮（天寒翠袖薄，日暮倚修竹），尽是黄昏（月上柳梢头，人约黄昏后），尽是落日（大漠孤烟直，长河落日圆），尽是夕阳（一曲新词酒一杯，去年天气旧亭台，夕阳西下几时回），尽是斜阳（斜阳外，寒鸦数点，流水绕孤村），尽是落照（家住苍烟落照间，丝毫尘事不相关）……阳光的无所不在，无地不照，反而只有离去时最后的照影，才能勾起艺术家和诗人的灵感，想起来真是奇怪的事。

一朝唐诗、一代宋词，大部分是在月下、灯烛下进行，你说奇怪不奇怪? 说起来就是气氛作怪，如果是日正当中，仿佛都与情思、离愁、国仇、家恨无缘。思念故人自然是在月夜空山才有气氛，忧怀边地也只有在清风明月里才能服人。即使饮酒作乐，不在有月的晚上，难道是在白天吗? 其实天底下最大的痛苦不是在夜里，而是在大太阳下也令人战栗，只是没有气氛，无法描摹罢了。

有阳光的天色，是给人工作的，不是给人艺术的，不是给人联想和忧思的。有阳光的艺术不是诗人词家的，是画家的专利。中国一部艺术史大部分写着阳光，西方的艺术史也是亮灿照耀，到印象派的时候更是光影辉煌，只是现代艺术家似乎不满意这样，他们有意无意地改变光的颜色。抽象自不必说了，写实也不要俗人都看得见颜色，而要透过画家的眼睛。他们说这是"超脱"，这是"真实"，这是"爱怎么画就怎么画才是创作"。

我常说艺术家是上帝错误的设计，因为他们要在阳光的永恒下，另外做自己的永恒，以为这样就成为永恒的主宰。艺术背叛了阳光的原色，生活也是如此。我们的黑夜越来越长，我们的屋子越来越密，谁还会在乎有没有阳光呢？现在，我如果批评塞尚的蓝苹果，一定会引来一阵乱棒，就像齐白石若画了蓝色的柿子也会挨骂一样；其实前后还不过是百年的时间，一百年，就让现代人相信，没有阳光，日子一样自在；亦让现代人相信，艺术家的真实胜过阳光的真实。

阳光本色的失落是现代人最可悲的一种，许多人不知道在阳光下，稻子可以绿成如何，天可以蓝到什么程度，玫瑰花可以红到透明。那是因为过去在阳光下工作的人占人类的大部分，现在变成小部分了；即使是在有光的日子，推窗看到的究竟是什么颜色呢？

我常在都市热闹的街上散步，有时走过长长的一条路，找不到一根小草，有时一年看不到一只蝴蝶，这时我终于知道：我们心里的小草有时候是黑色的，而在繁屋的每一面窗中，埋藏了无数苍白没有血色的蝴蝶。

光之香

我遇见一位年轻的农夫，在南方一个充满阳光的小镇。

那时是春末了，一期稻作刚刚收成，春日阳光的金线如雨般倾盆泼在温暖的土地上，牵牛花在篱笆上缠绵盛开，苦苓树上鸟雀追逐，竹林里的笋子正纷纷胀破土地。细心地想着植物突破土地，在阳光下成长的声音，真是人世里非常幸福的感觉。

农夫和我坐在稻埕旁边，稻子已经平铺在场上。由于阳光的照射，稻埕闪耀着金色的光泽，农夫的皮肤染了一种强悍的铜色。我在农夫家做客，刚刚是我们一起把谷包里的稻谷倒出来，用犁耙推平的，也不是推平，是推成小小的山脉一般，一条棱线接着一条棱线，这样可以让山脉两边的稻谷同时接受阳光的照射；似乎几千年来就是这样晒谷子，因为等到阳光晒过，八爪耙把棱线推进原来的谷底，则稻谷翻身，原来埋在里面的谷子全翻到向阳的一面来——这样晒谷比平面有效而均衡，简直是一种阴阳的哲学了。

农夫用斗笠扇着脸上的汗珠，转过脸来对我说："你深呼吸看看。"

我深深地吸了一口气，缓缓吐出。

他说："你吸到什么没有？"

"我吸到的是稻子的气味，有一点香。"我说。

他开颜地笑了，说："这不是稻子的气味，是阳光的香味。"

"阳光的香味？"我不解地望着他。

那年轻的农夫领着我走到稻埕中间，伸手抓起一把向阳一面的谷子，叫我用力地嗅，那时稻子成熟的香气整个扑进我的胸腔；然后，他抓起一把向阴的埋在内部的谷子让我嗅，却是没有香味了。这个实验让我深深地吃惊，感觉到阳光的神奇，究竟为什么只有晒到阳光的谷子才有香味呢？年轻的农夫说他也不知道，是偶然在翻稻谷晒太阳时发现的，那时他还是大学学生，暑假偶尔帮忙农作，想象着都市里多姿多彩的生活，自从晒谷时发现了阳光的味道，竟使他下决心要留在家乡。我们坐在稻埕边，漫无边际地谈起阳光的香味来，然后我几乎闻到了幼时刚晒干的衣服上的味道，新晒的棉被、新晒的书画，光的香气就那样淡淡地从童年中流泻出来。自从有了烘干机，那种衣香就消失在记忆里，从未想过竟是阳光的关系。

农夫自有他的哲学，他说："你们都市人可不要小看阳光，有阳光的时候，空气的味道都是不同的。就说花香好了，你有没有分辨过阳光下的花与屋里的花，香气有何不同呢？"

我说："那夜来香、昙花香又做何解释呢？"

他笑得更得意了："那是一种阴香，没有壮怀的。"

我便那样坐在稻埕边，一再地深呼吸，希望能细细品味阳光的香气，看我那样正经庄重，农夫说："其实不必深呼吸也可以闻到，只是你的嗅觉在都市里退化了。"

光之味

在澎湖访问的时候，我常在路边看渔民晒鱿鱼，发现晒鱿鱼有两种方式：一种是把鱿鱼放在水泥地上，隔上一段时间就翻过身来；另一种是在没有水泥地的土地晾晒时，因为怕蒸起的水汽，渔民把鱿鱼像旗子一样，一面面挂在架起的竹竿上——这种景观在澎湖、兰屿随处可见，有的台湾沿海也看得见。

有一次，一位渔民请我吃饭，桌子上就有两盘鱿鱼。一盘是新鲜的刚从海里捕到的鱿鱼；一盘则是阳光下晒干以后，用水泡发再拿来煮的。渔民告诉我，鱿鱼不同于其他的鱼，其他的鱼当然是新鲜的最好，鱿鱼则非经过阳光烤炙，不会显出它的味道来。我仔细地吃起鱿鱼，发现新鲜的虽脆，却不像晒干的那样有味、有劲，为什么这样，真是没有道理。难道阳光真有那样大的力量吗?

渔民见我不信,捞起一碗鱼翅汤给我,说:"你看这鱼翅好了,新鲜的鱼翅卖不到什么价钱的,因为一点也不好吃,只有晒干的鱼翅才珍贵,因为香味百倍。"

为什么鱿鱼、鱼翅经过阳光暴晒以后会特别好吃呢?确是不可思议。其实不必说那么远,就是一只乌鱼子,干的乌鱼子的价钱何止是新鲜乌鱼子的十倍?

后来我在各地旅行的时候,特别留意这个问题,有一次在南投竹山吃东坡肉和油焖笋尖,差一点没有吞下盘子。主人说那是今年的阳光特别好,晒出了最好吃的笋干;阳光差的时候,笋干也显不出它的美味;嫩笋虽自有它的鲜味,经过阳光,却完全不同了。

对鱿鱼、鱼翅、乌鱼子、笋干等来说,阳光的功能不仅让它干燥、耐于久藏,也仿若穿透它,把气味凝聚起来,使它发散出不同的味道。我们走入南货行里所闻到的是干货聚集的味道,我们走进中药铺子扑鼻而来的是草香药香,在从前,无一不是经由阳光的凝结。现在有无须阳光的干燥方法,据说味道也不如从前了。一位老中医师向我描述从前"当归"的味道,说如今怎样熬炼也不如昔日,我没有吃过旧日当归,不知其味,但这样说,让我感觉现今的阳光也不像古时有味了。

不久前,我到一个产制茶叶的地方,茶农对我说,好天气采摘的茶叶与阴天采摘的，烘焙出来的茶就是不同；同是一株茶，冬茶与春茶也全然两样。则似乎一天与一天的阳光味道不同，一季与一季的阳光更是天差地别了，而它的先决条件，就是要具备一条敏感的舌头。不管在什么时代，总有一些人具备好的舌头，能辨别阳光的壮烈与阴柔——阳光那时像是一碟精心调制的小菜，差一点点，在食家的口中已自有高下了。

这样想，使我悲哀，因为盘中的阳光之味在时代的进程中似乎日渐清淡起来。

光之触

八月的时候，我在埃及，沿着尼罗河自北向南，从开罗逆流而溯，经过卢克索、帝王谷、亚斯文诸地。那是埃及最热的天气，晒两天，就能让人换过一层皮肤。

由于埃及阳光可怕的热度，我特别留心到当地人的穿着。北非各地，夏天的衣着也是一袭长袍长袖的服装，甚至头脸全部包扎起来。我问一位埃及人："为什么太阳这么大，你们不穿短袖的衣服，反而把全身包扎起来呢？"他的回答很妙："因为太阳实在太大，短袖长袖同样热，长袖反而可以保护皮肤。"

在埃及八天的旅行中，我在亚斯文旅店洗浴时，发现皮肤一层一层地脱落，如同干去的黄叶。埃及的经验使我真实地感受到阳光的威力，它不只是烧炙着人，甚至是刺痛、鞭打、揉搓着人的肌肤，阳光热烘烘地把我推进一个不可回避的地方，每一秒的照射都能真实地感应。

后来到了希腊，在爱琴海滨，阳光也从埃及的那种磅礴波澜进入一个细致的形式，虽然同样强烈地包围着我。海风一吹，阳光在四周汹涌，有浪大与浪小的时候，我感觉希腊的阳光像水一样推涌着，好像手指按摩的动作。

再来是意大利，阳光像极了文艺复兴时代米开朗琪罗的雕像，开朗、强壮，但给人一种美学的感应，那时阳光是轻拍着人的一双手，让我们面对艺术时真切地清醒着。

到了中欧诸国，阳光简直成为慈和温柔的怀抱，拥抱着我们。我感到相当惊异，因为同是八月盛暑，阳光竟有着种种变化的触觉：或狂野，或壮朗，或温和，或柔腻，变化万千，加以欧洲空气的干燥，更感觉到阳光直接的照射。

那种触觉简直不只是肌肤的，也是心灵的，我想起一个寓言：

有一个盲人，从来没有见过太阳，有一天，他问一个眼睛好的人："太阳是什么样子呢？"

那人告诉他："太阳的样子像个铜盘。"

盲人敲了敲铜盘，记住了铜盘的声音，过了几天，他听见敲钟的声音，以为那就是太阳了。

后来，又有一个眼睛好的人告诉他："太阳是会发光的，就像蜡烛一样。"

盲人摸摸蜡烛，认出了蜡烛的形状。又过了几天，他摸到了一支箭，以为这就是太阳。

他一直无法搞清太阳是什么样子。

盲人永远不能看见太阳的样子，自然是可悲的，但幸而盲人同样有阳光的触觉。寓言里只有手的触觉，而没有心灵的触觉；失去这种触觉，就是眼睛好的人，也不能真正知道太阳的。

冬天的时候，我坐在阳台上晒太阳，同一个下午的太阳，我们能感觉到每一刻的触觉都不一样，有时温暖得让人想脱去棉衫，有时一片云飘过，又冷得令人战栗。晒太阳的时候，我觉得阳光虽大，它却是活的，是宇宙大心灵的证明，我想只要真正地面对过阳光，人就不会觉得自己是神，是万物之主宰。

只要晒过太阳，也会知道，冬天里的阳光是向着我们，但走远了，夏天则又逼近，不管什么时刻，我们都触及了它的存在。

记得梭罗在瓦尔登湖畔，清晨呼吸到新鲜空气，希望将那空气用瓶子装起，卖给那些迟起的人。我在晒太阳时则想，是不是有一种瓶子可以装满阳光，卖给那些没有晒过太阳的人呢？

每一天出门的时候，我们对阳光有没有触觉呢？如果没有，我们的感官能力正在消失。因为当一个人对阳光竟能无感，如果说他能对花鸟虫鱼、草木山河有观，都是自欺欺人的了。

澈如水晶

从花莲回来，走苏花公路，到崇德隧道口附近，看到几个工人在排石板阶梯，他们专注的神情吸引了我，我便下车了。

一位工人用一种近乎悠闲的样子排石板梯，他完全不用水泥或任何黏接物，他只是把造型都不同的石板沿山坡调整，让石板密实地铺在山坡上，并与下一个石板接合。

这看起来不甚费力的工作，事实上蕴含了独运的匠心以及全副的精神。工人必须要完全了解每一块大小不同的石板和每一寸不同斜度的山坡才做得到。

不远处，就是海了，一层青、一层蓝、一层靛的，完全没有污染的海。

"这石阶可以通到海边吗？"怕惊扰了他的工作，我小声地问工人。

他正一分一分地挪着手上的石块，约三十秒后，他头也没抬地说："往下走，转两次弯，就到海边了。"

我兴奋地沿石阶跳跃而下，心情欢愉得像一个孩子。我发现阶梯的两旁开满了牵牛花，比平常看到的还要硕大，是最美丽的浅紫色，色泽清丽，还带着清晨的露水。

到了海边，看到海岸的卵石美丽得不输给牵牛花，粒粒皆美，独一无二。一艘渔船正顺着波浪在海岸不远处载沉载浮。

我蹲下来捡石头。

我向来都喜欢海边的卵石，因为这些石头从来没有隐藏，也不故意显露，它只是在海岸如实呈现它的美与风采。它不怕人笑，也不排斥别人的掌声。

这石头、这海洋、这路边的牵牛花、这专心排石阶的工人，都如是如实地在演出自己，既没有隐藏，也没有显露。这样一想，使我震惊起来：呀！呀！原来我们身边最美的事物，无不如实、明白、澈如水晶。

只可惜这水晶映现的沛然万象，凡俗的眼睛都把它当玻璃来看待。

如果我们要看见这世界的美，需要有一对水晶一样自然清澈的眼睛；如果我们要体会宇宙更深邃的意义，则需要一颗水晶一样清明、没有造作的心。

水晶石与白莲花

　　在花莲盐寮海边，有一种石头是白色的，温润含光，即使在最深沉的黑暗中，它还给人一种纯净的光明的感觉。把灯打开，它的美就砰然一响，抚慰人的眼目。把它泡在水里，透明纯粹一如琉璃，不像是人间之石。

　　听孟东篱谈到这样的石头，我们在夜晚就去到了盐寮海边。在去的路上他说："这种石头被日本人搜购了很多，现在可能找不到了。"等我们到了盐寮，他一一敲开邻居的大门，虽然在夜里九点，但海滨乡间的居民都已经就寝了。听我们说明来意，孟东篱的第一个邻居把家里珍藏的水晶石用双手捧着出来说："只有这些了。"

　　数一数，他的手里只有八颗石头。

　　幸好找到第二个邻居，她用布袋提出一袋来，放在磅秤上说：

"十公斤，就这么多了。"

然后她把水晶石倒在铺了花布的地板上，哗啦一声，一地的琉璃，我们的惊叹声比石头滚地的声音还要大。

我一向非常喜欢石头，捡过的石头少说也有数千颗。不过，这水晶石使我有一种低回喟叹的感受，在雄山大水的花莲竟然孕育出这许多透明浑圆、没有缺憾的石子，真是令人颤动呀！

妇人说，从前的海边到处都是这种石头，一天可以捡好几公斤，现在在海边走了一天，只能拾到一两粒，它变得如此稀有，是不可思议的。

疑似水晶的石头原不产在海里，它是花莲深山的蕴藏，在某一个世代，山地崩裂，石块滚落海岸，海浪不断地磨洗、侵蚀、冲刷，使其成为圆而晶明的面目。

疑似水晶的石头比水晶更美，因为它有天然的朴素的风格，它没有凿痕，是钟灵毓秀的孕生，又受过海浪永不休止的试炼。

疑似水晶的石头使人想起白莲花，白莲花是穿过了污泥染着的试探，把至美至香至纯净的花朵高高托起到水面，水晶石是滚过了高高的山顶、深深的海底，把至圆至白至坚固的质地轻轻地滑到了海滨。

天地间可惊赞的事物不少，水晶石与白莲花都是；人世里可仰望的人也不少，居住在花莲的证严法师就是。

第一次见到证严法师，就有一种沉静透明如琉璃的感觉，这个世界上有些人不必言语就能给人一种力量，那种力量虽然难以形容，却不难感受。证严法师的力量来自她的慈悲，还有她的澄澈，佛经里说慈悲是一种"力"，清净也是一种"力"，证严法师是语默动静都展现着这种非凡的力量。

她的身形极瘦弱，听说身体向来就不好；她说话很慢很慢，声音清细，听说她每天应机说法，不得睡眠，嘴里竟生了口疮；她走路很从容、轻巧，一点声音也无，但给人感觉每一步都有沉重的背负与承担；她吃饭吃得很少，可是碗里盘里不会留下一点渣，她的生活就是这样一丝不苟。

有人问证严法师："师父天天济贫扶病，每天看到人间这么多悲惨世相，心里除了悲悯，情绪会不会被牵动，觉不觉得苦？"

证严法师说："这就像喜爱爬山的人一样，山路险峻，流血流汗，但他们一点也不觉得辛苦，对不想爬山的人，拉他去爬山，走两步就叫苦连天了。看别人受苦，恨不能自己来代他们受，受苦的人能得到援助，是最令我欣慰的事。"

我想，这就是她的精神所在了。慈济功德会的志业现在已经闻名遐迩，它也是近代中国最有象征性的佛教事业，大家也耳熟能详，不必赘述，我来记记两次访问证严师父随手记下的语录吧！

这世间有很多无可奈何的事、无可奈何的时候，所以不要太理直气壮，要理直气和，做大事的人有时不免要求人，但更要自己的尊严。

未来的是妄想，过去的是杂念，要保护此时此刻的爱心，谨守自己的本分，不要小看自己，因为人有无限的可能。

人心乱，佛法就乱，所以要弘扬佛法，人心要定，求法的心要坚强。

医生在病人的眼里就是活佛，护士就是白衣大士，是观世音菩萨，所以慈济是大菩萨修行的道场。

这世界总有比我们悲惨的人，能为别人服务比被服务的人有福。

现代世界名医很多，良医难求，我们希望来创造良医，用宗教精神启发良知，以医疗技术来开发良能，这就能创造良医。

我一开始创建慈济的时候是救穷，心想一定要很快消灭贫穷，想不到愈救愈多，后来发现许多穷是因病而起的，要救穷，就要先救病，然后才盖了医院。所以，要去实践，才知道众生需要的是什么。

不要把阴影覆在心里，要散发光和热，生命才有意义。

菩萨精神是永远融入众生的精神，要让菩萨精神永远存在于这个世界，不能只有理论，也要有实质的表现。慈悲与愿力是理论，慈济的工作就是实质的表达，我们希望把无形的慈悲化为坚固的永远的工作。

一个人在绝境时还能有感恩的心是很难得的，一个永葆感恩之心付出的人，就比较不会陷入绝境。

每一分菩提心，就会造就一朵芳香的莲花。

当我决心要创建一座大医院时，一无所有，别人都告诉我那是不可能的，但我有的只是像地藏菩萨般的心，这九个字给我很大的力量：我不入地狱，谁入地狱！

我得过几次大病，濒临死亡，我早就觉悟到人的生命不会久长，但每次总是想，如果我突然离开这世界，那么多孤苦无依的人怎么办？

这都是随手记下来的师父说的话，很像海浪中涌上来的水晶石，粒粒晶莹剔透，令人感动。

师父的实践精神不只表达在慈济功德会这样大的机构，也落实在生活的每一个细节，她自己种菜，自己制造蜡烛，自己磨豆粉，"静思精舍"一直到现在都还保有这种实践的精神。甚至这幢美丽素朴的建筑也是师父自己设计的，连屋上的水泥瓦都是来自她的慧心。

师父告诉我从前在小屋中修行，夜里对着烛光读经，曾从一支烛得到了开悟，她悟到了：一支蜡烛如果没有芯就不能燃烧，即使有芯，也要点燃才有意义，点燃了的蜡烛会有泪，但总比没

238

有燃烧的好。

她悟到：一滴烛泪一旦落下来，立刻就被一层结出的薄膜止住，因为天地间自有一种抚慰的力量，这种力量叫"肤"。为了证验这种力量，她在左臂上燃香供佛，当皮被烧破的那一刹那，立即有一阵清凉覆盖在伤口上，那是"肤"。闽南语里，孩子受伤，妈妈会说："来，妈妈肤肤！"这种力量是充盈在天地之间的。

她悟到：生死之痛，其实就像一滴烛泪落下，就像受伤了，突然被"肤"。

她悟到：这世界无时无刻不在对我们说法，这种说法常是无声的，有时却比有声更深刻。

师父由一支蜡烛悟到的"烛光三昧"，想必对她后来的行事有影响，她说很喜欢烛光的感觉，于是她自己设计了蜡烛，自己制造，并用蜡烛和人结缘。从花莲回来的时候，师父送了我五个"静思精舍"做的蜡烛。

回台北后，我把蜡烛拿来供佛，发现这以沉香为芯的蜡烛可以烧十个小时之久，并且烧完了不流一滴泪，了无痕迹，原来蜡烛包覆着一层极薄的透明的膜，那就是师父告诉我的"肤"吧！我站在烧完的烛台前敛容肃立，有一种无比崇仰的感觉，就像一朵白莲花从心里一瓣一瓣地伸展开来。

证严师父的慈济志业，三十余万位投身于慈济的现代菩萨，他们像蜡烛一样燃烧、散发光热，但不滴落一滴忧伤的泪，他们有的是欢欣的菩萨行。

他们在这空气污染、混乱浊劣的世间，像一阵广大清凉的和风，希望凡是受伤的跌倒的挫败的众生，都能立刻得到"肤肤"，然后长出新的皮肉。

他们以大悲心为油、以大愿为炷、以大智为光，要烧尽生命的黑暗，使两千万人都成为菩萨，使我们住的地方成为净土。

慈悲真是一种最大的力呀！

我把从花莲带回来的水晶石也拿来供佛，觉得好像有了慈济，花莲的一切都可以作为天地的供养，连"花莲"两个字也可以供养，这两个字正好是"妙法莲花"的缩写，写的是一则千手千眼的现代传奇，是今日世界的《观世音菩萨普门品》！

掌中宝玉

　　一位想要学习玉石鉴定的青年，听说远处有一位老年的玉石家，他就不远千里地向老师傅学艺。

　　当他见到老师傅，说明了自己学玉的志向，希望有一天能像老师傅一样成为众人仰佩的专家。老师傅拿一块玉给他，叫他捏紧，然后开始给他上中国历史的课程，从三皇五帝夏商周开始讲，讲了几个小时，却一句也没有提到玉。

　　第二天他去上课，老师傅仍然交给他一块玉叫他捏紧，又继续讲中国历史，一句也不提玉的事。就这样，光是中国历史就讲了几个星期。接着，他向年轻人讲中国的风土人文、哲学思想，甚至生命情操。除了玉石的知识之外，老师傅几乎什么都讲授了。

　　而且，他每天都叫那个青年捏紧一块玉听课。

　　经过几个月以后，青年开始着急了，因为他想学的是玉，没有想到却学了一大堆无用的东西。有一天，他终于鼓起勇气，希望向老师表明，请老师开始讲玉的学问。

他走进老师的房间，老师仍像往常一样交给他一块玉，叫他捏紧。正要开始谈天的时候，青年大叫起来："老师，您给我的这一块，不是玉！"老师笑起来说："你现在可以开始学玉了。"

这是一位收藏玉的朋友讲给我听的故事，有非常深刻的启示。对于学玉的人，要成为玉石专家，不能光是看石头本身，因为玉石与中国文化是不可分的，没有深厚的文化素养，不可能懂玉。所以，老师不先教玉，而先做文化通识的教化；其次，进入玉的世界的第一步，是分辨是不是玉，这种分辨不只是知识的累积，常常是直觉的反应。

如果我们把这个故事往人生推进，也可以找到许多深思的角度。一是学习任何事物而成为专家都不是容易的事，必须经过很长时期的训练。二是在成为专家之前，需要通识教育。如果想要成为中国玉石专家，就要先对历史、人文、哲学、思想、性格有基本的识见，否则光是懂一些普通技术有何意义？三是成为专家的第一步，应该有基本的判断，有是非之观、明义利之辨、有善恶之分，就如同掌中的宝玉，凭着直觉就知道为与不为，这才可以说是进入知识分子的第一步了。

这世界上任何有价值的智慧，都不是老师可以一一传授的，完全要依靠自己的体会。老师能教给我们宝玉，能不能分辨宝玉却要靠自己，那是由于宝玉不仅在掌中，也在心中。

　　每个人的心灵里都有一块宝玉，只是没有被开发，大部分的人不开发自己的宝玉，却羡慕别人手上的玉，就如同一只手隐藏了原有的玉，又伸手向别人要宝物一样，最后就失去了理想的远景和心灵的壮怀了。

　　所以，每天把自己的玉捏一捏，久而久之，不但能肯定自己的价值，也能发现别人的美质，甚至看见整个世界都有着玉石与琉璃的质感。

莲花汤匙

　　洗茶碟的时候，不小心打破了一根清朝的古董汤匙，心疼了好一阵子，仿佛是心里某一个角落跌碎了一般。

　　那根汤匙是有一次在金门一家古董店找到的。那一次我们在山外的招待所，与招待我们的军官聊到古董。他说，在金城有一家特别大的古董店，是由一位小学校长经营的，一定可以找到我想要的东西。

　　夜里九点多，我们坐军官的吉普车到金城去。金门到了晚上全面宵禁，整个城完全漆黑了，商店与民家偶尔有一盏电灯。由于地上的沉默与黑暗，更感觉到天上的明星与夜色有着晶莹的光明，天空是很美很美的灰蓝色。

　　到古董店时，"校长"正与几位朋友喝茶。院子里堆放着石磨、石槽、秤锤。房子里十分明亮，与外边的漆黑有着强烈的对比。

就像一般的古董店一样，名贵的古董都被收在玻璃柜子里，每日整理、擦拭。第二级的古董则在柜子上排成一排一排的。我在那些摆着的名贵陶瓷、银器、铜器前绕了一圈，没见到我要的东西。后来校长带我到西厢去看，那些不是古董而是民间艺术品，因为没有整理，显得十分凌乱。

最后，我们到东厢去，校长说："这一间是还没有整理的东西，你慢慢看。"他大概已经嗅出我是不会买名贵古董的人，不再为我解说，到大厅里继续和朋友喝茶了。

这样，正合了我的意，我便慢慢地在昏黄的灯光下寻索检视那些灰尘满布的老东西。我找到两个开着粉红色菊花的明式瓷碗，两个民初的粗陶大碗，一长串从前的渔民用来捕鱼的渔网陶坠。蹲得脚酸，正准备离去时，看到地上的角落开着一朵粉红色的莲花。

拾起莲花，原来是一根汤匙，茎叶从匙把伸出去，在匙心开了一朵粉红色的莲花。卖古董的人说："是从前富贵人家喝莲子汤用的。"

买古董时有一个方法，就是挑到最喜欢的东西要不动声色、毫不在乎。结果，汤匙以五十元就买到了。

我非常喜欢那根莲花汤匙，在黑夜里赶车回山外的路上，感觉金门的晚上真美，就好像一朵粉红色的莲花开在汤匙上。

回来，舍不得把汤匙收起来，经常拿出来用。每次用的时候就会想起，一百多年前或者曾有穿绣花鞋、戴簪珠花的少女在夏日的窗前迎风喝冰镇莲子汤，不禁感到时空的茫然。小如一根汤匙，可能就流转过百年的时间，走过千百里空间，被许多不同的人使用，这算不算是一种轮回呢？如果依情缘来说，说不定在某一个前世我就用过这根汤匙，否则，怎么会千里迢迢跑到金门，而在最偏僻的角落与它相会呢？这样一想，使我怅然。

现在它竟落地成为七片。我把它们一一拾起，端视着不知道要不要把碎片收藏起来。对于一根汤匙，一旦破了就一点用处也没有了，就好像爱情一样，破碎便难以缝补，但是，曾经珍爱的东西总会有一点不舍的心情。

我想到，在从前的岁月里，不知道打破过多少汤匙，却从来没有哪次像这一次，使我为汤匙而叹息。其实，所有的汤匙本来都是一块泥土，在它被匠人烧成的那一天起就注定有一天会打破。我的伤感，只不过是它正好在我的手里打破了。而它正好画了一朵很美的莲花，正好又是一个古董罢了。

这个世界的一切事物都只不过是偶然。一撮泥土偶然被选取，偶然被烧成，偶然被我得到，偶然地被打破……在偶然之中，我们有时误以为是自己做主，其实是无自性的，在时空中偶然地生灭。

在偶然中，没有破与立的问题。我们总以为立是好的，破是坏的，其实不是这样。以古董为例，如果全世界的古董都不会破，古董终将一文不值；以花为例，如果所有的花都不会凋谢，那么花还会有什么价值呢？如果爱情都能不变，我们将不能珍惜爱情；如果人都不会死，我们必无法体会出生存的意义。然而，也不能因为破立无端，就故意求破。大慧宗杲曾说："若要径截理会，需得这一念子曝地一破，方了得生死，方名悟入。然切不可存心待破。若存心在破处，则永劫无有破时。但将妄想颠倒底心、思量分别底心、好生恶死底心、知见解会底心、欣静厌闹底心，一时按下。"

大慧说的是悟道的破，是要人回到主体的直观，在生活里不也是这样吗？一根汤匙，我们明知它会破，却不能存心待破，而是在未破之时真心地珍惜它，在破的时候去看清："呀，原来汤匙是泥土做的。"

这样我们便能知道僧肇所说的："不动真际，为诸法立处。非离真而立处，立处即真也。然则道远乎哉？触事而真！圣远乎哉？体之即神！"（一个不动的真实才是诸法站立的地方。不是离开真实另有站立之处，而是每一个站立的地方都是真实的。每次接触的事物都有真实，道哪里远呢？每有体验之际就有觉意，圣哪里遥远呀？）

我珍爱一根汤匙，是由于它是古董，它又画了一朵我最喜欢的莲花，才使我因为心疼而失去真实的观察。如果回到因缘，僧肇也说得很好。他说："物从因缘故不有，缘起故不无。寻理，即其然矣。所以然者，夫有若真有，有自常有，岂待缘而后有哉?
譬彼真无，无自常无，岂待缘而后无也?若有不能自有，待缘而
后有者，故知有非真有。有非真有，虽有，不可谓之有矣。"

一根莲花汤匙，若从因缘来看，不是真实的有，可是在缘起
的那一刻又不是无的。一切有都不是真有，而是等待因缘才有，
犹如一撮泥土成为一根汤匙需要许多因缘；一切无也不是真的无，
就像一根汤匙破了，我们的记忆中它还是有的。

我们的情感，乃至生命，也和一根汤匙没有两样，"捏一块泥，
塑一个我"，我原是宇宙间的一把客尘，在某一个偶然中被塑成生
命，有知、情、意，看起来是有的、是独立的，但缘起缘灭，终
又要湮灭于大地。我有时候长夜坐着，看看四周的东西，在我面
前的是一张清朝的桌子，我用来泡茶的壶是民初的，每一样都活
得比我还久，就连架子上我在海边拾来的石头，都是两亿七千万
年前就存在于这个世界了。这样想时，就会悚然而惊，思及"世
间无常，国土危脆"，感到人的生命是多么薄脆。

在因缘的无常里，在危脆的生命中，最能使我们坦然活着的，
就是马祖道一说的"平常心"了。在行住坐卧、应机接物都有平
常心地，知道"月影有若干，真月无若干；诸源水有若干，水性
无若干；森罗万象有若干，虚空无若干；说道理有若干，无碍慧
无若干。"找到真月，知道月的影子再多也是虚幻，看见水性，则
一切水源都是源头活水……

　　三祖僧璨说："莫逐有缘，勿住空忍。一种平怀，泯然自尽。"这"一种平怀"说得真好。以一种平坦的怀抱来生活，来观照，那生命的一切烦恼与忧伤自然就灭去了。

　　我把莲花汤匙的破片丢入垃圾桶，让它回到它来的地方。这时，我闻到了院子里的含笑花很香很香，一阵一阵，四散飞扬。

鸳鸯香炉

一对瓷器做成的鸳鸯，一只朝东，一只向西，小巧灵动，仿佛刚刚在天涯的一角交会，各自轻轻拍着羽翼，错着身，从水面无声划过。

这一对鸳鸯关在南京东路一家宝石店中金光闪烁的橱窗一角，它们鲜艳的色彩比珊瑚、宝石、翡翠还要灿亮。但是，由于它们的游姿那样平和安静，它们竟仿若和人间全然无涉，一直要往远方无止境地游去。

再往内望去，宝石店里供着一个小小的神案，上书"天地君亲师"五个大字。晨香还未烧尽，烟香缭绕，我站在橱窗前不禁痴了，好像鸳鸯带领我，顺着烟香的纹路游到我童年的梦境里去了。

记得我还未识字以前，祖厅的神案上就摆了一对鸳鸯，是瓷器做成的檀香炉，一缕香烟终年氤氲，在厅堂里绕来绕去。檀香的气味仿佛可以勾起人深沉平和的心灵世界，即使是一个小小孩儿也被吸引得意兴飘飞。我常和兄弟们在厅堂中嬉戏，每当我跑过香炉前，闻到檀香之气，总会不自觉地出了神，呆呆看那一缕轻淡但不绝的香烟。

尤其是冬天，一缕直直飘上的烟，不仅是香，甚至也是温暖的象征。有时候一家人不说什么，夜里围坐在香炉前面，情感好像交融在炉中，并且烧出一股淡淡的香气了。

它比神案上插香的炉子让我更深切感受到一种无名的温暖。

最喜欢夏日夜晚，我们围坐着听老祖父说故事。祖父总是先慢条斯理地燃起那个鸳鸯香炉，然后坐在他的藤摇椅中，说起那些流动着血泪声香的感人故事。我们倚在祖父膝前，张开好奇的眼眸，倾听祖先依旧动人的足音响动。越到星空夜静，香炉的烟就越是直直地升到屋梁，绕着屋梁飘到庭前来，一丝一丝，萤火虫都被吸引来。香烟就像点着了萤火虫尾部的光亮，一盏盏微弱的灯火四散飞升，点亮了满天的向往。

有时候是秋色萧瑟，空气中有一种透明的凉，秋叶正红，鸳鸯香炉的烟柔软得似蛇一样升起。烟用小小的手推开寒凉的秋夜，推出一扇温暖的天空。从萧疏的后院看去，几乎能看见那一对鸳鸯依偎着的身影。

那一对鸳鸯香炉的造型十分奇妙，雌雄的腹部连在一起，雄的稍前，雌的在后。雌鸳鸯是铁灰一样的褐色，翅膀是绀青色，腹部是白底，有褐色的浓斑，像褐色的碎花开在严冬的冰雪之上。它圆形的小头颅微缩着，斜倚在雄鸳鸯的肩膀上。

雄鸳鸯和雌鸳鸯完全不同，它的头高高仰起，头上有冠，冠上是赤铜色的长毛，两边色彩斑斓的翅翼高高翘起，像一个两面夹着盾牌的武士。它的背部更是美丽，红的、绿的、黄的、白的、紫的全开在一处，仿佛春天里怒放的花园。它的红嘴是龙吐珠，黑眼是一朵黑色的玫瑰，腹部微芒的白点是满天星。

那一对相偎相依的鸳鸯，一起栖息在一片晶莹翠绿的大荷叶上。

鸳鸯香炉的腹部相通，背部各有一个小小的圆洞，当檀香的烟从它们背部冒出的时候，外表上看像是各自焚烧，事实上是腹与腹间互相感应。我最常玩的一种游戏，就是在雄鸳鸯身上烧了檀香，然后把雄鸳鸯的背部盖起来，烟与香气就会从雌鸳鸯的背部升起；如果在雌鸳鸯的身上烧檀香，盖住背部，香烟则从雄鸳鸯的背上升起来；如果把两边都盖住，它们就像约好了一样，一瞬间，檀香就在腹中熄灭了。

倘若两边都不盖，只要点着一只，烟就会均匀地冒出，它们各生一缕烟，升到中途慢慢氤氲在一起，到屋顶时已经分不开了。交缠的烟在风中弯弯曲曲，如同合唱一首有节奏的歌。

鸳鸯香炉的记忆，是我童年的最初，经过时间的洗涤越久，形象越是晶明，它几乎可以说是我对情感和艺术的最初向往。鸳鸯香炉不知道出于哪一位匠人之手，后来被祖父购得，它的颜色造型之美让我明白并体会到中国民间艺术之美。虽是一个平凡的物件，却有一颗生动灵巧的匠人心灵在其中游动，使香炉经过百年都还像是活的一般。民间艺术之美总是平凡中见真性，在平和的贞静里历百年还能给我们新的启示。

关于情感的向往，我曾问过祖父，为什么鸳鸯香炉要腹部相连？祖父说，鸳鸯没有单只的，鸳鸯是中国人对夫妻的形容。夫妻就像这对香炉，表面各自独立，腹中却有一点心意相通，这种相通，在点了火的时候最容易看出来。

我家的鸳鸯香炉每日都有几次点燃的经验，每经一次燃烧，那一对鸳鸯就好像靠得更紧。我想，如果香炉在天际如烽火，火的悲壮也不足以使它们殉情，因为它们的精神和象征立于无限的视野，永远不会畏怯，在火炼中也永不消逝。比翼鸟飞久了，总会往不同的方向飞；连理枝老了，也只好在枝丫上无聊地对答。鸳鸯香炉不同，因为有火，它们不老。

稍稍长大后，我识字了，识字以后就无法抑制自己的想象力飞奔，常常从一个字一个词句中飞腾出来，去找新的意义。"鸳鸯香炉"四字就使我想象力飞奔，觉得用"鸳鸯"比喻夫妻真是再恰当不过，"鸳"的上面是"怨"，"鸯"的上面是"央"。

"怨"是又恨又叹的意思，有许多抱怨的时刻，有很多无可奈何的时刻，甚至也有很多苦痛无处诉的时刻。"央"是求的意思，是诗经中说的"和铃央央"的和声，是有求有报的意思，有许多互相需要的时刻，有许多互相依赖的时刻，甚至也有很多互相怜惜求爱的时刻。

夫妻生活是一个有颜色、有生息、有动静的世界。在我的认知里，夫妻的世界几乎没有无怨无尤幸福无边的例子，因此，要在"怨"与"央"间找到平衡，才能是永世不移的鸳鸯。鸳鸯香炉的腹部相通是一道伤口，夫妻的伤口几乎只有一种药，这药就是温柔，"怨"也温柔，"央"也温柔。

所有的夫妻都曾经拥抱过、热爱过、深情过，为什么有许多到最后分飞东西，或者郁郁而终呢？爱的诺言开花了，虽然不一定结果，但是每年都开了更多的花，用来唤醒刚坠入爱河的新芽。鸳鸯香炉是一种未名的爱，不用声名，千万种爱都升自胸腹中柔柔的一缕烟。把鸳鸯从水面上提升到情感的诠释，就像鸳鸯香炉虽然沉重，它的烟却总是往上飞升，或许能给我们一些新的启示吧！

至于"香炉"，我感觉所有的夫妻最后都要迈入"共守一炉香"的境界，久了就不只是爱，而是亲情。任何婚姻的最后，热情总会消退，就像宗教的热诚最后会平淡到只剩下虔敬；最后的象征是"一炉香"，在空阔平朗的生活中缓缓燃烧。那升起的烟，我们逼近时可以体贴地感觉，我们站远了，还有温暖。

　　我曾在万华的小巷中看过一对看守寺庙的老夫妇，他们的工作很简单，就是在晨昏时上一炷香，以及打扫那一间被岁月剥蚀的小庙。我去的时候，他们总是无言，轻轻的动作，任阳光一寸一寸移到神案之前；等到他们工作完后，总是相携着手，慢慢左拐右弯地消失在小巷的尽头。

　　我曾在信义路附近的巷子口，看过一对捡破烂的中年夫妻。丈夫吃力地踩着一辆三轮板车，口中还叫着收破烂特有的语言，妻子经过每家门口，把人们弃置的空罐酒瓶、残旧书报一一丢到板车上。到巷口时，妻子跳到板车后座，熟练安稳地坐着，露出做完工作后欣慰的微笑，丈夫也突然吹起口哨来了。

　　我曾在通化街的小面摊上，仔细地观察一对卖牛肉面的少年夫妻：丈夫总是自信地在热气腾腾的锅边下面条，妻子则一边招呼客人，一边清洁桌椅，还要弯下腰来洗涤油污的碗碟。在卖面的空当，他们急急地共吃一碗面，妻子一径把肉夹给丈夫，他们那样自若，那样无畏地生活着。

　　我也曾在南澳乡的山中，看到一对刚做完香菇烘焙工作的山地夫妻，依偎地共坐在一块大石上，谈着今年的耕耘与收成，谈着生活里最细微的事，一任顽皮的孩童丢石头，把他们身后的鸟雀惊飞而浑然不觉。

　　我更曾在嘉义县内一个大户人家的后院里，看到一位须发俱白的老先生，爬到一棵莲雾树上摘莲雾，他年迈的妻子兜着围裙站在莲雾树下接莲雾。他们的笑声那样年少，连围墙外都听得分明。他们不能说明什么，他们说明的是一炉燃烧了很久的香还会有它的温暖，那香炉的烟虽弱，却有力量，它顺着岁月之流可以飘进任何一扇敞开的门窗里。

每当我看到这样的景象，总是站得远远的仔细听，香炉的烟声传来，其中好像有瀑布奔流的响声，越过高山，流过大河，在我的胸腹间奔湍。如果没有这些生活平凡的动作，恐怕也难以印证情爱可以长久吧！

童年的鸳鸯香炉，经过几次家族的搬迁，已经不知流落到什么地方——或者在另一个少年家里的神案上吧。再要找到一个同样的香炉恐怕永不可得，但是它的造型、色泽以及在荷叶上栖息的姿势，却为时日久而鲜锐无比。每当在情感挫折、生活困顿之际，我总是循着时间的河流回到岁月深处去找那一盏鸳鸯香炉。它是情爱最美丽的一个鲜红落款，情爱画成一张重重叠叠交缠不清的水墨画，水墨最深的山中洒下一条清明的瀑布，瀑布流到无止境的地方是香炉美丽明晰的章子。

鸳鸯香炉好像暗夜中的一盏灯，使我童年对情感的认知乍见光明，在人世的幽晦中带来前进的力量；使我即使只在南京东路宝石店橱窗中，看到一对普通的鸳鸯瓷器都要怅然良久。就像坐在一个黑乎乎的房子里，第一盏点着的灯最明亮，最能感受明与暗的分野，后来即使有再多的灯，总不如第一盏那样，让我们长记不熄；坐在长廊尽处，纵使太阳和星月都冷了，群山草木都衰尽了，香炉的微光还在记忆的最初，在任何可见和不可知的角落，温暖地燃烧着。

养着水母的秋天

从南部的贝壳海岸回来，带回来两个巨大的纯白珊瑚礁石。

由于长久埋在海边，那白色珊瑚礁放了许多天都依然润泽，只是缓慢地褪去水分，逐渐露出外表规则而美丽的纹理。同时我也发现了，失去水分的珊瑚礁仿佛逐渐失去了生命的机能，连色泽也没有那样精灿光亮了。当然，我手里的珊瑚礁不知道在多久以前已经死亡，由于长期濡染海浪的关系，使它好像容蕴了海的生命，不曾死去。

为了让珊瑚礁能不失去色泽与生机，我把它们放进一个巨大的玻璃箱里，那玻璃箱原是孩子养水族生物的工具，在鱼类死亡后已经空了许久。我把箱子注满水，并在上面点了一盏明亮的灯。

在水的围绕与灯的照耀下，珊瑚礁重新醒觉了似的，恢复了我在海边初见时那不可正视的逼人的白色，虽然没有海浪和潮声，它的饱满圆润也如同在海边一样。

我时常坐在玻璃箱旁，静静地看着这两块在海边极平凡的礁石。它们虽然平凡，但是要找到纯白不含一丝杂质，圆得没有半点欠缺的珊瑚礁也不容易。这种白色的珊瑚礁原是来自深海的生物，在死亡后被强劲的海浪冲激到岸上来，刚上岸的时候它是不规则的，要经过千百年一再地冲刷，才使它的外表完全被磨平，呈现出白玉一般的质地。

圆润的白色珊瑚礁形成的过程，本身就带着一些不可思议的神秘气息，宜于时空的联想。在深海里许多许多年，在海浪里被推送了许多许多年，站在沙岸上许多许多年，然后才被我捡拾。如果我们从不遇见，再过许多许多年，它就粉碎成海岸上铺满的白色细沙了。面对海的事物，时空是不能计算的，一粒贝壳沙的形成，有时都要万年以上的时间。因此，我们看待海的事物——包括海的本身、海流、海浪、礁石、贝壳、珊瑚，乃至海边的一粒沙，重要的不是知道它历经多少时间，而是能否在其中听到一些海的消息。海的消息？是的，就像我坐在珊瑚礁的前面，止息了一切心灵的纷扰，就听到从最细微处涌动的海潮音，像是我在海岸旅行时所听见的一般。海的消息是不论我们离开海边多久，都那样亲近而又辽远、细微，而又巨大、深刻、永久。

有一个从海岸迁居到都市的老人告诉我，从海岸来的人在临终的时候，转身面向故乡的海，最后一刻所听见的潮声，与他初生时听见的海潮音的第一印象，是完全相同的。"所以，从海边来到都市的人们，死时总面向着海，脸上带着一种若有似无、似笑非笑的苍茫神情，那种表情就像黄昏最后时刻，海上所迷离的雾气呀！"老人这样下着结论。

我一边听老人的说话，一边就起了迷思：那一个初生的婴儿，我们顺着他的啼声往前追索，不管他往什么方向哭，最后是不是都到了海边呢？那一个临终的老人，我们顺着他的眼睛往远处推去，不管他躺卧在什么方向，最后是不是都到了海岸呢？我们住在七山八海交互围绕的世界，所以此岸就是彼岸，彼岸就是此岸，都市汹涌的人群是潮水的一种变奏，人潮中迷惘的眼睛，何尝不是海岸上的沙呢？

对于海，问题不在我们的时空、距离、位置，问题在于我们能不能体贴海的消息。眼前的白色珊瑚礁在某些时候，确实让我想到临终时在心里听到海潮音的老人。它闭着眼睛，身体僵硬如石，石心里还有温暖的质地，那是属于海的部分，不能够改变的。

我养了那两个礁石很久以后，有一天，夜里开灯，突然看见了水面上翻滚漂浮着的一群生物，在灯光下闪动着荧光。我感到十分吃惊，仔细地看那群生物。它们的身体很小，小得如同初生婴儿小拇指上的指甲，身上的颜色灰褐透明，两旁则有无数像手一样的东西在划动着。当它们到水面，一翻身，反射灯光就放出磷火一样的光芒。它们身体的形状也像一片指甲，但也像一把伞，背后还有细微几至不可辨认的黑点。

这一群不知从哪里冒出来的生物就像太空船忽然来临，使我惶惑。这到底是什么生物？什么因缘突然出生在水箱里？我只能判别这群生物的诞生必定与珊瑚礁石有关，其他什么都不知道。

直到有一天来了一位懂生物的朋友，他大叫一声："哎呀！这是水母嘛！"我们坐着研究了半天，才做出这样的结论：水母是由体腔壁排卵，卵子孵化为胚胎以后，就会附着在海上的物体上，像礁石一类，过一段时间从胚中横裂分离，就生出水母。一个胚胎分裂后会变成一群水母，我从海岸携回的白色珊瑚礁原来就有水母胚胎的附着，到水箱以后才分裂出一大群小水母。

"这已经是最合理的推论了，不过，"朋友带着疑惑的表情说，"理论上，水母在淡水，尤其是自来水中出生，一定会立刻死亡，不会活这么久。"我们同时把目光移向水里快乐游动的水母，它们已经活了几十天，应该还会继续活下去。

朋友说："有一点似乎可以解释这奇怪的现象，有些科学家试验在水中生孩子，小孩生下来自然就会游泳。反过来说，水母在淡水中生活也不是不可能。"

接下来许多日子的深夜，我都会思索水母在水箱中存活的原因。它们在水箱中诞生的时候，并不知道这世界上有海，当然也没有海水的记忆，这使它们可以毫无遗憾地在注满自来水的玻璃箱中生活。水母和人其实没什么不同，今日生活在欧美严寒雪地中的黑人，如何能记起他们热带蛮荒的祖先呢？

水母在水箱中活着，却也带给我一些恐慌，那是因为问遍所有的鱼店，没有一个人知道如何养水母，只好偶尔用海藻来喂它们。幸而，水母也一天天长大，养了一整个秋天，每一只水母都长得像大拇指指甲一样大了。自然，这些水母赢得了无数的赞叹，水族馆中任何名贵的水族也不能相比。

当我还在痴心妄想水母是不是可以长得像海面上的品种那么巨大的时候，水母就一只一只在箱中死亡，冬天才开始不久，一群水母都死光了。我找不出它们死亡的原因，是由于冬季太冷吗？海上的冬天不是比水箱更冷？是由于突然有了海的记忆吗？已经过了这么久，哪里还会在意？或者是由于某些不知的意识突然抬头而意识到自己只能在海里生存吗？

水母没有给我任何回应，我唯一能确信的，是那些水母临终的最后一刻，一定能听见海的潮声，虽然它们初生时并未听见。

水母死后，我经历了一段时间的忧伤，就像海边的渔民遇到东北季风。直到有一天我和一群朋友相见，我指着水箱对他们说："在这个水箱里我曾经养过一群水母，养了一整个秋天。"竟然没有一个人肯完全相信，因为水箱早已空了，只剩下两块失去海色的珊瑚礁，当朋友说"骗鬼！"的时候，我才真正从隐秘的忧伤中醒来。

海潮、水母、秋天、贝壳海岸，都是多么真实的东西，只是因为时间，所以不在了。

我想到带我去贝壳沙滩的朋友，他说："主要是去见识整个海岸布满贝壳沙的情景，捡贝壳还是小事。"最后，我没有捡贝壳，却在海岸的角落带回珊瑚礁，于是就有了水箱、有了水母，以及因水母而心情变化的秋天，还时常念记着海天的苍茫……这种真实，其实是时间偶遇的因缘。

因缘固然能使我们相遇，也能使我们离散，只要我们足够明净，相遇时就能听见彼此的心海的消息，即使是离散了，海潮仍然涌动，偶尔也会记起，海面上的深夜，曾有过水母美丽的磷光，点缀着黑暗。

在时间上、在广大里、在黑暗中、在忧伤深处、在冷漠之际，我们若能时而真挚地对望一眼，知道石心里还有温暖的质地，也就够了。

路上捡到一粒贝壳

午后，在仁爱路上散步。

突然看见一户人家院子里种了一棵高大的面包树，那巨大的叶子有如扇子，一扇扇地垂着，迎着冷风依然翠绿，一如在它热带祖先的雨林中。

我站在围墙外面，对这棵面包树十分感兴趣。那家人的宅院已然老旧，不过，在这一带拥有一处平房，必然是亿万富豪了。令我好奇的是这家人似乎非常热爱园艺，院子里有着许多高大的树木，院子的门则是两株九重葛往两旁生长而在门顶握手，使那扇厚重的绿门仿佛戴着红与紫两色的帽子。

绿色的门在这一带是十分醒目的。我顾不了礼貌的问题，往门隙中望去，发现除了树木，主人还经营了花圃，各色的花正在盛开，带着颜色在里面吵闹。等我回过神来，退了几步，发现寒风还鼓吹着双颊，才想起，刚刚往门内那一探，误以为真是春天了。

脚下有一些裂帛声，原来是踩在一片面包树的扇面了。叶子大如脸盆，却已裂成四片，我遂兴起了收藏一片面包树叶的想法，找到比较完整的一片拾起。意外，可以说非常意外地发现了，树叶下面有一粒粉红色的贝壳。把树叶与贝壳拾起，就离开了那户人家门口。

但是，我已经不能专心地散步了。

冬天散步，于我原有运动身心的作用，本来在身心上都应该做到无念和无求才好，可惜往往不能如愿。选择固定的路线散步，当然比较易于无念，只是每天遇到的行人不同，不免使我常思索起他们的职业或背景来。幸而城市中都是擦身而过的人，念起念息有如缘起缘灭，走过也就不会挂心了。一旦改变了散步的路线，初开始就会忙碌得不得了，因为新鲜的景物很多，念头也蓬勃，仿佛汽水开瓶一样，气泡兴兴灭灭地冒出来，念头太忙，回到家我都头痛，好像有某种负担。还有一种情况，是很久没有走的路，又去走一次，发现完全不同了。这不同有几个原因，一个是自己的心境改变了，一个是景观改变了，还有一个重要原因是季节更迭了。这使我知道，这个世界是无常的因缘所集合而成的，一切可见、可闻、可触、可尝的事物竟没有永久（或只是较长时间）的实体，一座楼房的拆除与重建只是比浮云飘过的时间长一点，终究也是幻化。

我今天的散步，就是第二种，是旧路新走。

这使我在尚未捡面包树叶与贝壳之前，就发现了不少异状。例如，我记得去年的这个时间，安全岛的菩提树叶已经开始换装，嫩红色的小叶芽正在抽长，新鲜、清明、美丽动人。今年的春天似乎迟了一些，菩提树的叶子，感觉竟是一叶未落，老得有一点乌黑，使菩提树看起来承受了许多岁月的压力。发现菩提树一直等待春天，使我也有些着急起来。

木棉花也是一样，应该开始落叶了，却尚未落。我知道，雨降、风吹、叶落、花开、雷鸣、惊蛰都是依时序的缘升起，而今年的春天之缘，为什么比往年来得晚呢？

还看到几处正在赶工的大楼，长得比树快多了，不久前开挖的地基，已经盖到十楼。从前我们形容春雨来时农田的笋子是"雨后春笋"，都市的楼房生长也如雨后春笋一样。这些大楼的兴建，使这一带的面目完全改观，新开在附近的商店和一家超级啤酒屋，使宁静与绿意备受压力。

记忆中最深刻的是路过一家新开幕的古董店，明亮橱窗最醒目的地方摆了一个巨大的白水晶原矿石，店家把水晶雕成一只台湾山猪正在被七只狼（或者狗）攻击的样子。为了突出山猪的痛苦，山猪的蹄子与头部是镶了白银的，咧嘴哀号，状极惊慌。标价自然十分昂贵，我一辈子也不能储蓄到与那标价相等的金钱。这么美丽而昂贵的巨大水晶（约有桌面那么大），却做了如此血腥而鄙俗的处理，竟使我生出了巨大怜悯和一丝丝恨意。恨意是由雕刻中的残忍意识而生，怜悯是对于可能把这块水晶买回去的富有的人。其实，我们所拥有和喜爱的事物无不是我们心的呈现而已。

如果我有一块如此巨大的水晶，我愿把它雕成一座春天的花园，让它有透明的香气；或者雕成一尊最美丽的观世音菩萨，带着慈悲的微笑，散放清明的光芒；或者雕几个水晶球，让人观想自性的光明；或者什么都不雕，只维持矿石的本来面目。

想了半天才叫了起来，忘记自己一辈子都不可能拥有这样的水晶，但这时我知道不能拥有比可以拥有或已经拥有使我更快乐。有许多事物，“没有”其实比“持有”更令人快乐。因为许多的“有”，是烦恼的根本，而且不断地追求“有”，会使我们永远徘徊在迷惑与堕落的道路上。幸而我不是太富有，还能知道在人世中觉悟，不致被福报与放纵所蒙蔽；幸而我也不是太忙碌或太贫苦，还能在午后散步，兴趣盎然地看着世界。从污秽的心中呈现出污秽的世界，从清净的心中呈现出清净的世界，人的境况或有不同，若能保有清净的观照，不论贫富，事实上都不能转动他。

看看一个人的念头多么可怕，简直争执得要命，光是看到一块残忍的水晶雕刻，就使我跳跃起一大堆念头，甚至走了数百米完全忽视眼前的一切。直到心里一个声音对我说了一句话才使我从一大堆纷扰的念头中醒来：“那只是一块水晶，山猪或狼只是心的感受，就好像情人眼中的兰花是高洁的爱情，养兰者的眼中兰花总有个价钱，而武侠小说里，兰花常常成为杀手冷酷的标志。其实，兰花只是兰花。"

从念头中惊醒，第一眼就看到面包树，接下来的情景如同上述。拿着树叶与贝壳的我也茫然了。

尤其是那一粒贝壳。

这粒粉红色的贝壳虽然新而完好，但不是百货公司出售的那种经过清洗磨光的贝壳。由于我曾在海边住过，可以肯定贝壳是从海岸上捡来不久，还带着海水的气息。奇特的是，海边来的贝壳是如何掉落到仁爱路的红砖道上呢？或者是无心的遗落，例如跑步时从口袋里掉出来？或者是有心的遗落，例如情人馈赠而爱情已散？或者是……有太多的或者是，没有一个是肯定的答案。唯一肯定的是，贝壳，终究已离开了它的海边。

人生活在某时某地，真如贝壳偶然落在红砖道上，我们不知道从哪里、为何、为什么来到这个世界，然后不能明确说出原因就迁徙到这个都市，或者说是飘零到这个陌生之都。

"我为什么来到这世界？"这句话使我在无数的春天中辗转难眠，答案是渺不可知的，只能说是因缘的和合，而因缘深不可测。

贝壳自海岸来，也是如此。

一粒贝壳，也使我想起在海岸居住的一整个春天，那时我还多么年少，有浓密的黑发，怀抱着爱情的秘密，天天坐在海边沉思。到现在，我的头发和爱情都有如退潮的海岸，露出它平滑而不会波动的面目。少年的我还在哪里呢？那个春天我没有拾回一粒贝壳、没有摄过一张照片，如今竟如完全遗失了一样。偶尔再去那个海岸，一样是春天，却感觉自己只是海面上的一个浮沤，一破，就散失了。

世间的变迁与无常是不变的真理，随着因缘的改变而变迁，不会单独存在，不会永远存在，我们的生活有很多时候只是无明的心所映现的影子。因此，我们可以这样说，少年的我是我，因为我是从那里孕育，而少年的我也不是我，因为他已在时空中消失；正如贝壳与海的关系，我们从一粒贝壳可以想到一片海，甚至与海有关的记忆，这粒贝壳竟然是在红砖道上拾到的，与海相隔那么遥远！

想到这些，差不多已走到仁爱路的尽头了，我感觉到自己有时像个狂人，时常和自己对话不停，分不清是在说些什么。我忆起父亲生前有一次和我走在台北街头时突然说："台北人好像猎仔，一天到暗在街仔赖赖趖。"翻成普通话是："台北人好像神经病，一天到晚在街头乱走。"我有时觉得自己是猎仔之一，幸而我只是念头忙碌，并没有像逛街者听见换季打折一般，因欲望而狂乱奔走；而且我走路也维持了乡下人稳重谦卑的姿势，不像台北那些冲锋陷阵或龙行虎步的人，带着狂性，显得轻躁。

我尤其不喜欢台北的冬天，不断的阴雨，包裹着厚衣的人在拥挤的街道，有如撞球台的圆球撞来撞去。春天来就会好些，会多一些颜色、多一点生机，还有一些悠闲的暖气。

回到家把树叶插在花瓶里，贝壳放在案前，突然看到桌上的皇历，今天竟是立春了：

"立春：斗指东北为立春，时春气始至，四时之卒始，故名立春也。"

我知道，接下来会有雨水、惊蛰、春分、清明、谷雨，台北的菩提树叶会换新，而木棉与杜鹃会如去年盛开。

轮回之香

朋友从国外来，送了我一瓶香水，只因为那香水的名称叫"轮回之香"。

朋友说："在佛教里，轮回原是束缚堕落的意思。轮回之中还流着香气，真是太美了。"

我听了有些迷惘。这几年像香水这样的东西也有两极化的倾向。就在不久之前，有两家极为著名的香水公司，分别把它们的香水叫"毒药""寡妇"，也曾引起一阵流行的风潮。如今突然跑来一阵轮回之香，突破了毒药的迷雾。

"香水只是香水，不管它用什么名称，也只是香水呀！"我对朋友说。

对于那些通过强大的宣传来制造的神话，我往往不能理解；对于为什么小小的化妆品、香水之类竟可以卖到八千、一万的高价，我更不能理解。

我的不能理解来自我的童年。小学三年级我生了一场大病，到高雄开刀，住在亲戚家。亲戚是化妆品制造厂的老板。我记得他的工厂摆了四口大灶，灶上的锅子永远煮着烟气弥漫的香料，用一根大棒在上面不停地搅拌，香气在一里外就能闻见。

煮好的化妆品分成两种：一种是面霜，另一种是水状的（大概是香水或化妆水）。水状的放入茶壶冷却，然后一瓶瓶倒在玻璃瓶里批发出去。

三十年前的台湾还是纯手工的时代。由于对制造过程的熟悉，竟使我后来看到化妆品都生起荒谬之感。我的脑海里时常浮现起表姨在黑夜的灯光下，用棒子搅动大锅和以茶壶装瓶的画面。

在表姨家的一个月，我就住在化妆品工厂的阁楼上，那终日缠绵的香气无休无止地在我的四周环绕。刚开始的两天还觉得味道不错。过了一阵子，竟感觉那种香虚矫而夸饰，熏人欲呕。到后来，我躺在阁楼上，就格外地怀念乡下牛粪的气味，还有小路上野草的清气。

当年，在台湾南部最流行的香水是"明星花露水"。表姨时常感慨地说："如果能做到像明星花露水那么有名就好了。"

我们乡下中山公园的山脚有一家茶室，茶店仔查某都是喷明星花露水。我们每次路过，闻到花露水和霉味交杂的气息，都夹着尾巴飞快地逃走，那个味道有一种说不出来的龌龊之感。

不久前，我在台北松山路一家小店买到大中小三瓶明星花露水，包装还是和三十年前一样，价钱所差无几，三瓶不到两百元。想到多年未联络的表姨，想到人事的沧桑，不禁感慨不已。

我对朋友说到过我对香水的一页沧桑："如果有一家名厂的香水，取名为'牛粪'或'青草'，仕女们也会趋之若鹜吧！"这没有贬抑香水的意思，只是对一种香水的广告上所说的"一滴香水代表永生，不断转生，追求尽善尽美的和谐。小小一滴香水即是片片永恒，只要一次接触，神奇的境界顿然开启"，有着一笑置之的态度。

不管是东方西方，香水一直是神秘的象征。在我国晋朝的时候，女人为了制造香水胭脂，要先砍桃枝煮水，洒遍室内。然后，砍寸许的桃枝数千条，围插在墙脚四周，并且禁止鸡鸣狗叫，供一个紫色琉璃杯在"胭脂之神"前，自穿紫衣、紫裙、紫带，插上紫冠簪，戴上紫帽子，虔诚地礼拜。最后，用桃叶刮唇，一直刮到出血，再把血与紫色花朵放在装着汾河水的鼎里煮沸，女人长跪闭目等待，不久就化为香水胭脂了。传说这是我国制造胭脂的开始。

被命名为"轮回之香（Samsara）"的香水，传说是那个长跪在西藏佛教圣地扎什伦布寺里的佛陀像前的人，得到佛的圆满、宁静、祥和、亲切的启示，以数十种自然原料创造了永恒之香。女性用了这种香水就会得到优雅、宁静、自在。

这两段文字，前者出现在明朝伍瑞隆的小品中，后者是21世纪新香水的说明书，是不是都充满了神秘、传奇的宗教气氛呢？

不只东西方对香水如此，传说中东沙漠边陲有个地方叫"阿拉伯乐土"（Eudevnon Araba），在《圣经·旧约》的记载中就是盛产香水的地方。他们以橄榄树提炼出来的纯白香料置于炭火上焚烧，会散发出神秘优雅、难以言喻的甜美香气。古埃及和罗马王朝的帝王以此作为祭祀，可与神灵交感。希腊人在公元前1世纪就带着这些香料在海上贸易，并直航阿拉伯海和印度洋。这条贸易之路早于我们所熟知的"丝路"，被称为"海上丝路"或"香之路"。

日本当代的音乐家神思者（Sense，《悲情城市》电影的作曲者），以这个传说作为蓝本，写出了极为动听的"海上丝路系列"。我在聆听《阿拉伯乐土》《花之圆舞曲》《水畔净土》的乐音时，仿佛也闻到了橄榄树那白色的香气。

日本人从江户时代开始就有"香道"之说，更把香水提升至道的层次，研究香味对生理和心理的影响，发展出极富想象力的芳香疗法（Aromachology）。香道是从佛教出来的，香常被用来象征佛法的功德，香道其实就是功德之道。

印度是极早就用香的民族，数千年前就有衍梅檀香、沉水香、丁子香、郁金香、龙脑香、乳香、黑沉香、安息香等香料。若依使用方法，有香水、香油、香药、丸香、散香、抹香、练香、线香等，排起来洋洋洒洒，正是一本"香道"。

我觉得极有趣的是在印度、西藏都有制"香泥"的风俗。他们把牛粪、泥土、香水混合起来，制成一种泥状的东西，作为涂坛场修法用。香水虽贵，牛粪泥土亦可贵呀！

对于"轮回之香"，我有不同的观点：在无始劫的轮回之中，如果我们有戒香、定香、慧香、解脱香、解脱知见香等功德之香作为引导，必将引领我们走入更清净的境界。我深信在法界中，必有一个无形无相的香光庄严世界。

但是，再回头一想，这世界，不论古今中外，任何民族都有他们的"香道"，用以涂饰身体，掩盖从身体出来的自然之味，也可见我们的身体是多么不净。佛陀在四念处中教我们常念"观身不净、观受是苦、观心无常、观法无我"是多么深刻而真实的教化呀！

这身体，即使吃的是山珍海味，饮的是玉液琼浆，穿的是绫罗绸缎，涂的是轮回之香，只要过了一夜，无不成为不净的东西。如是观察，就会使我们免除对身相的执着。身相的执着一旦破了，用来庄严不净之身的事物也就不会执着了。

我最感慨的是，现代的香水愈做愈昂贵，香气愈来愈盛，甚至连男人也使用香水，是不是表示现代人的身心一天比一天不净了呢？

莲瓣之不朽

供养佛的莲花凋谢了，花香仍在，并且带着供养过佛的特有的清净，弃之可惜。

我把莲瓣与莲蕊取下，铺放在白纸上。几天以后，莲花完全干透，香味仿佛隐去，只有颜色仍保有原来的清丽。那谢了的莲瓣仍有难思议之美，用水晶小瓶盛装摆在案前，它自己在清夜里就显现了庄严，这曾供养佛的莲花便如此地供养了自性。

已消失香味的莲瓣，香的本质并未失去，在开瓶的刹那从瓶中放散出来，就像那些有好本质的人把人格的馨香含孕在深处，唯有打开瓶塞的人才能闻见。

这些干了的莲瓣和莲蕊很有大用，泡茶的时候丢几片进去，水中便有莲香，带着清越的气息；焚香的时候铺在炉底，当沉香燃烧时，莲花隐藏的魂魄就醒转过来，令人动容地流动在空中。

在我的手中，莲花谢了，但并不朽坏。这一点使我异常欢喜，也使我知道在这个世界上，只要有心，总有一些事物可以不朽。那焚烧成烟尘的莲瓣也不是朽坏消失，而是飘到不可知的远方。

佛鼓

　　住在佛寺里，为了看师父早课的仪礼，清晨四点就醒来了。走出屋外，月仍在中天，但在山边极远极远的天空，有一些早起的晨曦正在云的背后，使灰云有了一种透明的趣味。灰云的内部仿佛早就织好了金橙色的衬里，好像一翻身就要金光万道了。

　　鸟还没有全醒，只偶尔传来几声低哑的短啾，听起来像是它们在春天的树梢夜眠有梦，为梦所惊，短短地叫了一声，翻个身，又睡去了。

　　最鲜明的是醒在树上的一大簇一大簇的凤凰花。这是南台湾的五月，凤凰花的美丽到了峰顶，似乎有人开了染坊，就那样把整座山染红了。即使在灰蒙的清晨的寂静里，凤凰花的色泽也是非常雄辩的。它不是纯红，但比纯红更明亮；不是橙色，却比橙色更艳丽。比起沉默站立的菩提树，宁静中的凤凰花是吵闹的，好像在山上开了花市。

说菩提树沉默也不尽然。经过了寒冷的冬季，菩提树的叶子已经落尽，仅剩下一株株枯枝守候春天，在暝暗中看那些枯枝，格外有一种坚强不屈的姿势。有一些生发得早的，则从头到脚怒放着嫩芽，翠绿、透明、光滑、纯净，桃形叶片上的脉络在黑夜的凝视中，片片了了分明。我想到，这样平凡单纯的树竟是佛陀当年成道的地方，自己就在沉默的树与精进的芽中深深地感动着。

这时，在寺庙的角落中响起了木板的啪啪声，那是醒板，庄严、沉重地唤醒寺中的师父。醒板的声音其实是极轻极轻的，一般凡夫在沉睡的时候不可能听见，但出家人身心清净，不要说是醒板，怕是一根树枝落地也是历历可闻的吧！

醒板拍过，天空逐渐有了清明的颜色，但仍是没有声息的，燕子的声音开始多起来，像是被醒板叫醒，准备着一起做早课了。

然后钟声响了。

佛寺里的钟声悠远绵长，犹如可以穿山越岭一般。它深深地渗入人心，带来了一种警醒与沉静的力量。钟声敲了几下，我算到一半就糊涂了，只知道它先是沉重缓慢的咚嗡咚嗡咚嗡声，接着是一段较快的节奏，嗡声灭去，仅剩咚咚的急响，最后又回到了明亮轻柔的钟声，在山中余韵袅袅。

听着这佛钟，想起朋友送我们一卷见如法师唱念的《叩钟偈》。那钟的节奏是单纯缓慢的，但我第一次在静夜里听《叩钟偈》，险险落下泪来，人好像被甘露遍洒。初闻天籁，想到人间能有几回听到这样美的音声，如何不为之动容呢？

晨钟自与《叩钟偈》不同。后来，有师父告诉我，晨昏的大钟共敲一百零八下，因为一百零八下正是一岁的意思。一年有十二个月，有二十四个节气，有七十二候，加起来正合一百零八，就是要人岁岁年年日日时时都要警醒如钟。但是另一个法师说一百零八是在断一百零八种烦恼，钟声有它不可思议的力量。到底何者为是，我也不能明白，只知道听那钟声有一种感觉，像是一条飘满了落叶尘埃的山径，突然被钟声清扫，使人有勇气有精神爬到更高的地方，去看更远的风景。

钟声还在空气中震荡的时候，鼓响起来了。这时我正好走到大悲殿的前面，看到逐渐光明的鼓楼里站着一位比丘尼，身材并不高大，与她面前的鼓几乎不成比例，但她所击的鼓竟完整地包围了我的思维，甚至包围了整个空间。她细致的手掌紧握鼓槌，充满了自信，鼓槌在鼓上飞舞游走，姿势极为优美，或缓或急，或如迅雷，或如飙风……

我站在通往大悲殿的台阶上看那小小的身影击鼓，不禁痴了。那鼓，密时如雨，不能穿指；缓时如波涛，汹涌不绝；猛时若海啸，标高数丈；轻时若微风，拂面轻柔；它急切的时候，好像声声唤着迷路者归家的母亲的喊声；它优雅的时候，自在得一如天空飘过的澄明的云，可以飞到世界最远的地方……那是人间的鼓声，但好像不是来自人间，是来自天上或来自地心，或者来自更邈远之处。

鼓声歇止了一会儿，我才从沉醉的地方被叫醒。这时《维摩经》的一段经文突然闪照着我，文殊师利菩萨问维摩居士："何等是菩萨入不二法门？"当场的三十二个菩萨都寂静无言，等待维摩居士的回答。维摩居士怎么回答呢？他默然不发一语。过了一会儿，文殊师利菩萨赞叹地说："善哉！善哉！乃至无有文字语言，是真入不二法门。"

后来，有法师说起维摩居士的这一次沉默，忍不住赞叹地说："维摩居士的一默，有如响雷。"诚然，当我听完佛鼓的那一段沉默，几乎体会到了维摩诘沉默一如响雷的境界了。

往昔在台北听到日本"神鼓童"的表演时，我以为人间的鼓无有过于此者，真是神鼓！直到听闻佛鼓，才知道有更高的世界。神鼓童是好，但气喘吁吁，不比佛鼓的气定神闲；神鼓童是苦练出来的，表达了人力的高峰，佛鼓则好像本来就在那里，打鼓的比丘尼不是明星，只是单纯的行者；神鼓童是艺术，为表演而鼓，佛鼓是降伏魔邪，度人出生死海，减少一切恶道之苦，为悲智行愿而鼓，因此妙响云集，不可思议。

最重要的是，神鼓童讲境界，既讲境界，就有个限度；佛是不讲境界的，因而佛鼓无边，不只醒人于迷，连鬼神也为之动容。

佛鼓敲完，早课才正式开始。我坐下来在台阶上，听着大悲殿里的经声，静静地注视那面大鼓，静静地，只是静静地注视那面鼓，刚刚响过的鼓声又如潮汹涌而来。

殿里的燕子也如潮地在面前穿梭细语，配着那鼓声。

大悲殿的燕子

配着那鼓声，殿里的燕子也如潮般在面前穿梭细语。

我说如潮，是形影不断、音声不断的意思。大悲殿一路下来，到女子佛学院的走廊、教室，密密麻麻的全是燕子的窝巢，每走一步抬头，就有一两个燕窝，有一些甚至完全包住了天花板上的吊灯，包到开灯而不见光。但是出家人慈悲为怀，全宠爱着燕子。在生命面前，灯算什么呢？

我仔细地看那燕窝，发现燕窝是泥塑的长形居所，它隆起的形状，很像旧时乡居土鼠的地穴，看起来是相当牢靠的。每一个燕窝住了不少燕子，你看到一个头钻出来，一剪翅，一只燕子飞远了，接着另一只钻出头来，一个窝总住着六七只燕子，是不小的家庭了。

几乎在佛鼓敲的同时，燕子开始倾巢而出。于是，天空中同时有了一两百只燕子在啁啾，穿梭如网。那一大群燕子，玄黑色的背，乳白色的腹，剪刀一样的翅膀和尾羽，在早晨刚亮的天空下有一种非凡的美丽，也有一部分熟练地从大悲殿的窗户里飞进飞出地戏耍。于是，在庄严的诵经声中，有一两句是轻嫩的燕子的呢喃，显得格外活泼起来。

燕子回巢时也是一奇，俯冲进入屋檐时并未减缓速度，几乎是在窝前紧急刹车，然后精准地钻进窝里，看起来饶有兴味。

大悲殿里燕子的数目，或者燕子的年龄，师父也并不知。有一位师父说得好，他说："你不问，我还以为它们一直是住这里的，好像也不曾把它们当燕子，而是当成邻居。你不要小看了这些燕子，它们都会听经的，每天早晚课，燕子总是准时地飞出来，天空全是燕子。平常，就稀稀疏疏了。"

至于如何集结这样多的燕子，师父都说，佛寺的庄严清净、慈悲喜舍是有情生命全能感知的。这是人间最安全之地，所以大悲殿里还有不知哪里跑来的狗，经常蹲踞在殿前；殿侧的大湖开满红白莲花，湖中有不可数的游鱼，据说听到经声时会浮出水面来。

过去深山丛林寺院，时常发生老虎、狐狸伏在殿下听经的事。听说过这样一个动人的故事，有一回一个法师诵经，七八只老虎跑来听，听到一半有一只打瞌睡，法师走过去拍拍它的脸颊说："听经的时候不要睡着了。"

我们无缘见老虎闻法，但有缘看到燕子礼佛、游鱼出听，不是一样动人的吗？

众生如此，人何不能时时警醒？

木鱼之眼

众生如此，人为何不能时时警醒？

谈到警醒，在大雄宝殿、大智殿、大悲殿都有巨大的木鱼，摆在佛案的左侧，巨大厚重，一人不能举动，诵经时木鱼声穿插其间。我常觉得在法器里，木鱼是比较沉着、单调的，不像钟鼓、磬、钹的声音那样清明动人，但为什么木鱼那么重要？关键在它的眼睛。

佛寺里的木鱼有两种：一种是整条挺直的鱼，与一般鱼没有两样，挂在库堂，用粥饭时击之；另一种是圆形的鱼，连鱼鳞也是圆形，放在佛案，诵经时叩之。这两种不同形的鱼有一个共同的特征，就是眼睛奇大，与身体不成比例。有的木鱼，鱼眼大如拳头。我不能明白为何鱼有这么大的眼睛，或者为什么是木鱼，不是木虎、木狗，或木鸟？

问了寺里的法师。法师说："鱼是永远不闭眼睛的，昼夜长醒，用木鱼做法器是为了警醒那些昏惰的人，尤其是叫修行的人志心于道，昼夜长醒。"

这下总算明白了木鱼的巨眼，但是那么长的时间做些什么，总不能像鱼一样游来游去吧！

法师笑了起来："昼夜长醒就是行住坐卧不忘修行，行法则不外'六波罗蜜'：一布施、二持戒、三忍辱、四精进、五禅定、六智慧，这些做起来，不要说昼夜长醒时间不够，可能五百世也不够用。"

木鱼是为了警醒，假如一个人常自警醒，木鱼就没有用处了。我常常想，浩如瀚海的佛教经典，其实是在讲心灵的种种尘垢和种种磨洗的方法。它只有一个目的，就是恢复人的本心里明澈朗照的功能，磨洗成一面镜子，使其对人生宇宙的真理能了了分明。

磨洗不能只有方法，也要有工具。现在寺院里的佛像、舍利子、钟鼓鱼磬、香花幢幡，无知的人视为迷信的东西，却正是磨洗心灵的工具，如果心灵完全清明，佛像也可以不要了，何况是木鱼呢？

木鱼作为磨洗心灵的工具是极有典型意义的，它用永不睡眠的眼睛告诉我们：修行是没有止境的，心灵的磨洗也不能休息。住在清净寺院里的师父，昼夜在清洁自己的内心世界；居住在五浊尘世的我们，不是更应该磨洗自己的心吗？

因此，我们不应忘了木鱼，以及木鱼的巨眼。

以木鱼为例，在佛寺里，凡人也常有能体会的智慧。

低头看得破

在佛寺里，凡人也常有能体会的智慧。

像我在寺里看到比丘和比丘穿的鞋子，不时就纳闷起来，那鞋其实是不实用的。

一只僧鞋前后一共有六个破洞，那不是为了美观，似乎也不是为了凉爽。因为，假如是为了凉爽，大部分的出家人穿鞋，里面都穿了厚的布袜。何况一到了冬天就难以保暖了。假如是为了美观，也不然，一来出家只求洁净，不讲美观；二来僧鞋的黑、灰、土三色都不是顶美的颜色。

有了，大概是为了省布，节俭守戒是出家人的本分。

也不是，因为僧鞋虽有六洞，制作上的布料和连着的布是一样的，而且反而费工。

那么，到底是为什么，僧鞋要破六个洞呢？

我遇到了一位法师，光是一只僧鞋的道理，他说了一个下午。

他说，僧鞋的六个破洞是要出家人"低头看得破"。低头是谦诚有礼，看得破是要看破眼、耳、鼻、舌、身、意六根，看破色、声、香、味、触、法六尘，以及参破六道轮回，勘破贪、嗔、痴、慢、疑、邪六大烦恼，甚至也要看破人生的短暂、人身的渺小。

从积极的意义来说，这六个破洞是"六法戒"，就是不淫、不盗、不杀、不妄语、不饮酒、不非时食；是"六正行"，就是读诵、观察、礼拜、称名、赞叹、供养；还是"六波罗蜜"：布施、持戒、忍辱、精进、禅定、智慧……

小小一只僧鞋就是天地无边广大了，让我们不得不佩服出家人。出家人不穿皮制品，因为非杀生不足以取皮革；出家人也不穿丝制品，因为一双丝鞋，可能需要牺牲一千条蚕的性命呢！就是穿棉布鞋，规矩也不少，智慧无量。

最后，我请了一双僧鞋回家，穿的时候我总是想：要低得下头，要看得破！

后记：导演刘维斌要拍一套正统佛教的早课礼仪，约我同往佛光山。本来大悲殿与女子佛学院都是不准男人进入的，我们幸蒙特准，才看到了大悲殿的燕子。在山上的"麻园"住了几天，随手写笔记，这是其中四则，因缘会合，特此并记。

本书经北京时代墨客文化传媒有限公司代理，由台北九歌出版社有限公司授权出版，在中国大陆出版、发行中文简体字版本。

图书在版编目（CIP）数据

晴天爱晴，雨天爱雨 / 林清玄著 . -- 长沙：湖南文艺出版社，2020.9
ISBN 978-7-5404-9732-3

Ⅰ . ①晴… Ⅱ . ①林… Ⅲ . ①散文集—中国—当代 Ⅳ . ① I267

中国版本图书馆 CIP 数据核字（2020）第 116134 号

上架建议：名家经典·散文

QINGTIAN AI QING，YUTIAN AI YU
晴天爱晴，雨天爱雨

作　　者：林清玄
出 版 人：曾赛丰
责任编辑：刘雪琳
监　　制：毛闽峰　李　娜
版权支持：张雪珂
特约策划：由　宾　李　颖　陈　鹏
特约编辑：李　睿
营销编辑：刘　珣　焦亚楠
封面设计：尚燕平
版式设计：李　洁

出　　版：湖南文艺出版社
　　　　　（长沙市雨花区东二环一段 508 号　邮编：410014）
网　　址：www.hnwy.net
印　　刷：三河市天润建兴印务有限公司
经　　销：新华书店
开　　本：875mm × 1230mm　1/32
字　　数：170 千字
印　　张：9
版　　次：2020 年 9 月第 1 版
印　　次：2020 年 9 月第 1 次印刷
书　　号：ISBN 978-7-5404-9732-3
定　　价：45.00 元

若有质量问题，请致电质量监督电话：010-59096394
团购电话：010-59320018